叶永烈看世界

叶永烈看世界

澳大利亚自由行

叶永烈 著

東方出版中心

目录

Contents

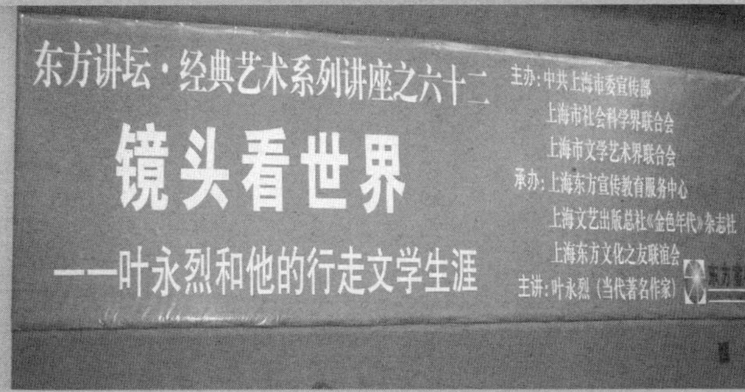
东方讲坛·经典艺术系列讲座之六十二
镜头看世界
——叶永烈和他的行走文学生涯
主办：中共上海市委宣传部
上海市社会科学界联合会
上海市文学艺术界联合会
承办：上海东方宣传教育服务中心
上海文艺出版总社《金色年代》杂志社
上海东方文化之友联谊会
主讲：叶永烈（当代著名作家）

代序：我喜欢自由行

最近，我买了一个250G的移动硬盘。营业员感到很惊讶，问我买这么个大容量的移动硬盘干什么？我笑道，存数码照片呗！“你是摄影师？”在她看来，普通的顾客不可能有那么多的数码照片。

在写作之余，我有三大爱好：一是旅游，二是摄影，三是玩电脑。这三大爱好成了“铁三角”：在旅游中边游边摄，回家之后把数码照片在电脑上进行各种各样的“后加工”，然后存入移动硬盘，还刻在DVD光盘上保存。

从“小溜溜”到“大溜溜”

小时候特别羡慕父亲出差，看着他拎了一只外边套着灰色布套的皮箱去码头，踏上温州到上海的轮船，随着东流而去的瓯江水消失在天际，从来没有出过远门的我，真想跟随父亲去看看上海是什么样的。可是，小小年纪的我，哪来“出差”？父亲称我是“小溜溜”——温州话的意思是喜欢到处蹓跶的孩子。父亲摸着我的脑门说，在这里给你贴上一张邮票，把你从邮局寄出去，你就可以到处蹓跶了。后来，我长大了，写了一部长篇童话，叫《“小溜溜”溜了》，写的是一个孩子在脑门上贴了一张邮票，游遍各种各样、奇奇怪怪的王国。其实，这“小溜溜”就是童年的我。

我第一次出远门，是在高中毕业之后，考上北京大学。十七岁的我从温州乘坐长途汽车来到金华，我见到冒着黑烟、呼哧呼哧喘着粗气的火车头驶过来，连行李都扔在一边，奔过去看这从未见过的庞然大物。我途经上海前往北京。记得，父亲曾经笑着叮嘱过我，看上海国际饭店的时候，千万要把帽子戴好，因为仰起头看高高的国际饭店，帽子会掉下来！幸亏我来到国际饭店前没有戴帽子。在温州我从来没有见过这样的高楼，尽管现在国际饭店在上海的高楼大厦之中只是个“小弟弟”而已。

我终于也开始出差。大学毕业之后，我在电影制片厂工作，天南地北地跑，出差成了家常便饭。我几乎跑遍全国。不过，毕竟公务在身，总是来去匆匆，何况那时候把旅游说成是“游山玩水”，是“资产阶级生活方式”。妻则忙于上班和照顾婆婆、孩子，很少有机会旅游。

一直到妻退休之后，我们才有机会组成“两人团”自由自在地旅游——自由行。我也就从“小溜溜”变成“大溜溜”。

如今的我，虽然年已花甲，虽说已经去过那么多的国家和城市，但是对于没有去过的地方永远充满好奇心。旅游成为我的兴趣和乐趣。

一图在手，走遍天下

从芝加哥飞往奥克兰的时候，我乘坐的是美国西南航空公司班机。喝完饮料之后，空中小姐递给我一张餐巾纸，我却舍不得用掉，因为餐巾纸上印着一幅美国地图，上面标明这家航空公司航线所及的所有城市，其实也就是美国的主要城市。

对于地图，我仿佛有一种特殊的癖好。在旅行中，我来到一个新的城市，第一件事就是买一张当地的地图。在美国的机场、地铁站以至公共汽车上，都有免费赠送的交通路线图，我都一一收集。我曾说，一张地图在手，走遍天下不愁。

在我到过的城市之中，要算纽约的地铁线路最多、最复杂，对于不熟悉的人来说，简直像个地下迷宫。纽约地铁是隐藏在地下的一张密密麻麻的蜘蛛网，把触角伸向纽约的每一个角落。在纽约街头，常可以见到标明“Subway”的入口，走下去便是地铁。纽约的地铁之所以如同地下迷宫，是因为纽约的地铁总共有 27 条线路，即 1、2、3、4、5、6、7、8、9 以及 A、B、C、D、E、F、G、H、J、L、M、N、Q、R、S、V、W、Z。如此众多的线路，分别用红、橙、黄、绿、青、蓝、紫、黑、灰、棕等 10 种不同的颜色标识。五颜六色的标志，挂满纽约地铁的各个通道口。此外，每条线路又分快车 (Express) 和慢车 (Local)，快车只停大站，慢车站站都停。

我第一次在纽约乘地铁，是在 1993 年。我的住在纽约的堂妹带我乘坐地铁。那时候，纽约地铁的治安很不好，她叮嘱我，要在上衣口袋里放 20 美元现金，倘若在地铁里有人突然从背后勒住你的脖子，你赶紧从上衣口袋里掏出 20 美元现金，他就会放过你。她这么一说，我未免“吓势势”。走进纽约地铁，迎面是昏暗的灯光，斑驳的墙壁，随处可见的乱涂乱画和垃圾，裸露的纵横交错的黑色管道，没有任何装饰的月台，从铁轨间窜过的老鼠……说实在的，纽约地铁给我的第一印象很差。和堂妹、妻子一起在车站等地铁的时候，我真担心有人突然从背后扼住我的喉咙。

后来，纽约市政府出重拳打击地铁黑帮，使纽约地铁不再成为犯罪的场所，大大提高了安全度。这样，我进入纽约地铁，不再有那种恐怖感。我和妻一次又一次来到纽约，我学会了如何识别纽约地铁五花八门的标志，凭借一张地铁交通图，游遍纽约各个角落。即便是“9·11”事件爆发那样紧张的时刻,我仍在纽约乘地铁四处采访。这时,纽约地铁给我的印象完全改观了,那就是便捷和高效率。纽约地铁虽然远不及我所见到的莫斯科地铁那样豪华,到处是雕塑和画像,却是那么简朴、实用。

2007年5月,我在悉尼和墨尔本举行讲座,两地都有朋友接待。堪培拉是个例外。堪培拉是澳大利亚的首都,我很希望到那里一看。然而,在堪培拉我没有一个朋友,无人接待,我又不爱参加旅游团,喜欢“自由行”,于是便和妻凭借地图游览堪培拉。我们在清早五时起床,乘坐从阿什菲尔德到中央火车站的公共汽车头班车,赶上了6时50分从悉尼开往堪培拉的火车,游遍了堪培拉。

去俄罗斯的时候,临行前在上海买到一本俄罗斯地图集。到了俄罗斯,打开地图集,才发现那些地图几乎没有派上用场,因为地图上只标中文地名,却没有俄文地名。我赶紧在莫斯科买了俄文版地图,这才不至于迷路。

好“摄”之徒

摄影记录了旅途的见闻,凝固了难忘的瞬间。每逢外出旅游,我成了好“摄”之徒,随身小包里总是放着相机。一见到值得拍摄的景物,立即掏出相机,咔嚓咔嚓,那“时刻准备着”的架势就像一位很专业的摄影记者。

最初,我用的是胶卷照相机。自从用上数码相机,那些胶片照相机就“退休”了。我跟数码相机交上朋友,是在2001年。作为“电脑迷”的我,平日爱逛上海的“百脑汇”。那一回,我见到了“好E拍”,小小的像只微型手电筒,却可以拍照。六百元一只。喜欢新奇的我当即买了一个。回家之后,把说明书“研究”了一番,把软件装进手提电脑,很快就掌握了拍摄和输入技术。

买了“好E拍”不久,正巧我和妻去美国探亲。一下飞机,小儿子和儿媳前来接机,我拿起手里的“微型手电筒”,他们居然不知道我在给他们拍照。到了旧金山家里,我把一帧帧照片像变魔术似的从“好E拍”里输入手提电脑,显示在电脑屏幕上,他们“傻冒”了。小儿子毕竟是电脑专业人士,笑道:“哦,什么‘好E拍’,不就是‘最最傻瓜’的数码相机!”那时候,数码相机在美国还不大普及,而且没有“好E拍”这玩艺儿,所以我居然能够用这“微型手电筒”把他们“镇住”。

“好E拍”拍摄的数码照片,只有30万像素,一放大就“糊”了,而且一次只能拍20多张,充其量算是个高级电子玩具罢了。小儿子、儿媳见我对数码相机情有独钟,就花500美元买了一台数码相机送我。这下子,“鸟枪换炮”了:每张照片的像素300万,在电脑上即便“全屏显示”,也很清晰。配了一张128M存储卡,一次可以拍400来张照片。这台照相机有变焦镜头,取景自如。另外,还可以拍摄录像,虽然摄像的时间只有一分多钟,毕竟多了一个重要功能。

从此,数码相机成了我的亲密伙伴。我发现,使用数码相机比传统的胶卷相机要方便多了。比如,冲印胶卷最快也得一个小时,而数码相机“拍立得”。倘若不满意,当即删去,重拍。数码相机不用胶卷,拍摄几乎无“成本”。我最感方便的是,用胶卷拍摄必须等三十六帧拍完才能拿去冲印,而数码相机哪怕是只拍了一帧,也可以随时输入电脑,显示出来。我用刻录机把数码照片刻在光盘上保存,一张光盘可以保存上千幅数码照片,“拷贝”也极方便,免去了厚厚的照相册、底片册。往日用胶卷拍摄,我必须用扫描仪扫描之后,才能用电子邮件发出去。其中,启动扫描仪以及扫描之后压缩照片文件,要花好几分钟。如今,我轻点鼠标,须臾之间便可以把数码照片“E”出去,让儿子、儿媳共享旅途胜景。

我不断改善我的“装备”,后来又买了更新更好的数码相机,还买了数码伴侣,每一次出国都能带回几千张数码照片。

“挑剔”座位

很少有旅客会对飞机机舱的座位图感兴趣,我却要仔细“研究”。我对座位颇为“挑剔”,不仅希望靠窗,而且不在翅膀处,因为在我看来,每一回乘坐飞机,都是空中摄影的好机会。我和妻在2007年6月至7月往返美国,乘坐的是美国西北航空公司的航班,订票时精心挑选了座位,所以来回的座位都符合我的摄影要求:从上海到东京,乘坐的是双层的波音“747—400”,我们选择了机翼后第二排的52—K和52—J。从东京飞往旧金山,乘坐的是空客“A330—200”,我们仍选择机翼后第二排的,但不再是第五十二排,而是33—A和33—B。

我在美国拍摄的许多航摄照片之中,“佳评如潮”的一张是从空中俯摄旧金山的照片:湛蓝的旧金山海湾上,横跨着长长的海湾大桥,而画面的左侧则是与海湾大桥相连的高楼林立的旧金山市中心。最为巧妙的是,旧金山的主要高楼群非常清晰,而画面的左上角是一片薄薄的白云,遮住了一部分市区,这片云还延伸到海湾,使旧金山有着“犹抱琵琶半遮面”的美感。在旧金山住了多年的朋友,看了这幅照片,连声说,想不到从空中看旧金山,是这么的美丽!

这张照片是我从旧金山的奥克兰机场飞往洛杉矶时拍摄的。那是2007年6月28日上午八时五十分,我乘坐Delta航空公司的航班,从奥克兰机场起飞。我坐在机舱的右侧。飞机起飞不久,便飞越碧蓝如洗的旧金山海湾,气势如虹的海湾大桥出现在我的眼前。我当即用照相机拍摄，在一连拍了四张照片之后，飞机已经离开了旧金山海湾大桥。

我当时就意识到这几张照片很不错。输入电脑之后，细细检查，画面非常清晰。放大局部，就连海湾大桥上一辆辆轿车、海湾里的一艘艘游船、旧金山高楼的一扇扇窗户，都清清楚楚。虽说这样的好照片只在“咔嚓”之间就完成了，却可遇而难以再求：虽说此前此后我多次从旧金山国际机场或者奥克兰机场起飞，要么旧金山被浓云笼罩，要么万里无云、一览无余，要么飞机不经过海湾大桥，要么我的座位是在机舱左侧而不是在右侧……

从空中拍摄，是我的旅游摄影项目之一。当年，我在电影制片厂担任编导时，曾经在东北大兴安岭上空、在上海上空多次参加航摄。航摄时，敞开舱门，我和摄影师一起站在舱门口。我们的身上都捆着皮带，而皮带的另一端牢牢拴在飞机上。我不时与摄影师交流，同时又不时把飞行要求告诉飞行员。

在搭乘客机的时候，客机按照预定的航线飞行，不能像航摄的专机为你的拍摄飞行，只能看到什么抓拍什么，务必眼疾手快。当飞机即将降落在洛杉矶机场的时候，我摁下相机的快门，拍到一个巨大的地面停车场，上面密密麻麻停满了小轿车。特别是拍到一幢四层的停车楼，楼顶全是小轿车。洛杉矶的繁华，由此可见一斑。

从旧金山飞往纽约，自西向东横穿整个美国国土。经过六小时的漫长飞行，纽约终于出现在我的视线之中。由于肯尼迪机场的跑道繁忙，飞机一时无法降落，在纽约上空盘旋了四十多分钟，倒使我有机会能够细细从空中观察、拍摄纽约。纽约市中心高楼林立。尤其是曼哈顿，高楼大厦高度密集，看上去像筷子笼里的大把筷子似的。飞机从市区盘旋到大西洋，可以看见濒临大西洋的纽约有许多海湾。这时，正值夕阳西下，染红了波光粼粼的海水，把天边的云霞镀上一层耀眼的金色。纽约到底是美国第一大城，显得壮阔而大气。当飞机降落在肯尼迪机场时，一轮西沉的红日正贴在地平线上。这些转瞬即逝的美景，都一一被我的数码相机“捕捉”。

边游边摄，日积月累，我拥有庞大的照片资料库。在闲暇时，与妻一起从电脑屏幕上欣赏这些风光旖旎的照片，仿佛又回到美好的旅途。

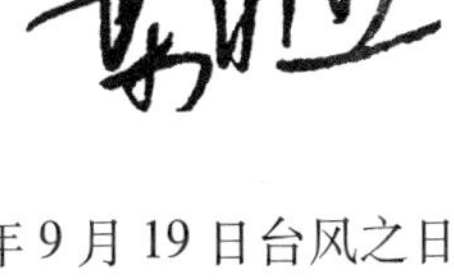

2007年9月19日台风之日·上海

Station
NO RIGHT TURN
MYER
NO RIGHT TURN
George St

飞往澳大利亚

inet.net.au
All those who want faster
MYER
ONE WAY
Market St
MYER

一个“相反”的国度

飞往澳大利亚

从上海来到澳大利亚，第一印象就是“相反”。

比如，我在上海的时候，正是初夏时节。可是，到了澳大利亚，那里枫叶正红，槐树一身黄叶，一片初秋气氛。我在林间漫步，地上是厚厚的落叶，仿佛脚踩在软软的地毯上。

盛夏，当我在上海穿T恤的时候，到了澳大利亚则要穿上滑雪衫。

最有趣的是，每当圣诞节来临的时候，正是澳大利亚一年之中最热的时候。在美国，在欧洲，圣诞老人穿上厚厚的红色大襟，而澳大利亚的女子在圣诞节穿三点式比基尼泳装，戴一顶红色的圣诞老人帽，算是节日打扮了。

中国人前往澳大利亚旅游，在中国的冬日是旺季，因为到了澳大利亚可以享受夏日的阳光；到了中国的夏季，反而成了旅游的淡季，因为到了澳大利亚正是寒冬。

在中国，人们买房子总爱买朝南屋，所谓“朝南门第春常在”。中国的皇帝，也面南而坐。然而，在澳大利亚，造房子总喜欢朝北——“朝北门第阳光灿烂”！

在中国，越往北越冷，哈尔滨冬日滴水成冰。越往南则越暖和，三亚人在寒冬时节也只穿短袖衣服。

在澳大利亚正好相反：越往北越暖和，达尔文（Darwan）市处于澳大利亚的北端，却是澳大利亚最热的地方，相当于中国的三亚。达尔文市属于赤道海洋性气候。

澳大利亚最南端，也有一个“海南岛”，名叫塔斯马尼亚岛（Tasmania I.），人称“世界的尽头”。塔斯马尼亚岛与墨尔本隔海相望。这里却因为靠近南极洲而气候寒冷。

澳大利亚如此与中国“相反”，其原因是由于中国在北半球，而澳大利亚在南半球。

在种种“相反”之中，有一种“相反”，只有细心人才能感觉出来——那就是当你拔掉洗澡盆的塞子时，那水的漩涡的方向相反。

洗澡，原本是一件非常普通的事情。洗完澡，把浴缸的塞子一拔，水哗哗地流走……然而，美国麻省理工学院机械工程系的系主任谢皮罗教授，却敏锐地注意到：每次放掉洗澡水时，水的漩涡总是向左旋的，也就是逆时针的！

这是为什么呢？谢皮罗紧紧抓住这个问号不放。他设计了一个碟形容器，里面灌满水，每当拔掉碟底的塞子，碟里的水也总是形成逆时针旋转的漩涡。这证明放洗澡水时漩涡朝左，并非偶然，而是一种有规律的现象。

1962年，谢皮罗发表了论文，认为这漩涡与地球自旋有关。如果地球停止自转的话，拔掉澡盆的塞子，不会产生漩涡。由于地球不停地自西向东旋转，而美国处于北半球，便使洗澡水朝逆时针方向旋转。

谢皮罗认为，北半球的台风都是逆时针方向旋转，其道理与洗澡水的漩涡是一样的。他断言，如果在南半球则恰好相反，洗澡水将按顺时针形成漩涡；在赤道，则不会形成漩涡！

谢皮罗的论文发表之后，引起各国科学家的莫大兴趣，纷纷在各地进行实验，结果证明谢皮罗的论断完全正确。

谢皮罗教授从洗澡水的漩涡，联想到地球的自旋问题，联想到台风的方向问题，并作出了合乎逻辑的推理，这正是他目光敏锐、善于思索的体现。

中国在北半球，按照谢皮罗教授的实验，放掉洗澡水时，洗澡水是朝逆时针方向旋转；相反，在澳大利亚，放掉洗澡水时，洗澡水是朝顺时针方向旋转！

据墨尔本作家王小雨先生告诉我，他是上海人。他把上海市的市花白玉兰引种到澳大利亚，发现奇特的现象：在一年之中，白玉兰居然开花两次。从中国引种的桂花也是如此，“花开二度”。

初秋时节的澳大利亚，地上铺着厚厚的落叶

究其原因：一次

澳大利亚的汽车是靠左行的,与中国相反

开花是花的本性所决定的，也就是由花的基因所决定的;而另一次开花,则是由澳大利亚相反的气候所造成的。

澳大利亚与中国相反，还在于交通规则相反——当然，这与澳大利亚的地理位置无关，而是在于澳大利亚最初是英国人开发的，沿用了英国的交通规则。

我在悉尼第一次坐上友人的轿车时，就发现驾驶者的位置是在轿车的右侧，不像中国的轿车——驾驶者的位置是在轿车的左侧。行车时的规则也不一样,中国的汽车是靠右行,而澳大利亚的汽车是靠左行。

刚到澳大利亚,我很不习惯。过斑马线的时候,我总是保持中国的习惯,先朝左看,过了一半,再朝右看。渐渐地,我学会过马路时先朝右看,过了一半,再朝左看。

有一回,我闹了笑话:我在悉尼所住的宾馆前,是一条东西向的马路,公共汽车沿马路行驶。市中心在东面。我按照中国的习惯,穿过马路到对面去乘公共汽车,这才发现,对面的公共汽车都是从东往西开的。我不得不重新穿过马路,返回原处,很快就登上由西向东行驶的公共汽车。

澳大利亚的轿车,很多是从日本、美国进口的。这些汽车并非进口之后进行改装,而是日本、美国的汽车厂特地生产了驾驶位在右侧的汽车,供应澳大利亚。

当然,来到澳大利亚之后,感到最大的反差还在于人口:中国拥有十三亿人口,是世界上人口最多的国家。尤其是上海,而我又住在市区最繁华的地段,在周末、周日,行人如同潮水一般。然而,澳大利亚却地广人稀,澳大利亚的总人口在 2007 年刚刚越过两千万人大关,相当于上海市的总人口,然而澳大利亚的总面积达 769.2 万平方公里,几乎相当于中国总面积的百分之八十!

也就是说,在澳大利亚,每 1 平方公里,平均才 2.56 人!

人烟稀少的澳大利亚,是一个与“熙熙攘攘”无关的国家。飞机纵穿澳大利亚的时候,出现在机翼下的是茫茫荒原,阒无人迹。除了在人口密集的悉尼、墨尔本这样的大城市之外,出了城就人迹罕见。即便在首都堪培拉,由于人们大都开车外出,所以市内行人不多，有时候连问路都找不到人。

在悉尼等车时，一位澳大利亚老太太问我是不是日本人？

我回答说：“中国人，来自上海。”

她当即感叹道：“我去过上海，那里的人很多很多，很多很多！”

看得出，上海给她的最深的印象，那就是人“很多很多，很多很多”。当然，澳大利亚给我的最深的印象，那就是人“很少很少，很少很少”。

不过，在澳大利亚，我也曾三回目击局部性的“熙熙攘攘”：

一回是在星期天，在悉尼最热闹的情人港，休闲的、晒太阳的人，挤满了岸边；

另一回是在母亲节那天，墨尔本人参加“长走”（不是长跑），那队伍算得上“络绎不绝”；

还有一回是在早上上班的时候，我上了悉尼的“火车”（关于悉尼的“火车”一词的准确定义，将在后文讨论），上下两层的车厢，居然全部爆满，我不得不站在过道上。

正因为澳大利亚是一个跟中国有着很多不同以至“相反”的国家，所以来到澳大利亚给了我诸多新鲜感。

悉尼的情人港，游客众多

漫长的飞行

澳大利亚的海岸线

穿一件长袖衬衫，外面套一件茄克衫，我和妻是在初夏时节离开上海，应澳大利亚华人团体联合会的邀请，前往澳大利亚。

那天上海的气温是16~24℃，而初秋的悉尼的气温是16~27℃，可以说相差无几。

我所乘坐的航班，有两个不同的航班号，一个是中国国际航空公司的航班号，一个是美国联合航空公司的航班号。其实，这是中国国际航空公司与美国联合航空公司共同合作的一个航班，两家航空公司都对外售票，虽然航班号各不相同，实际上是同一架飞机。这架“空中客车300–200型”飞机是在晚上九时从上海浦东机场起飞。

我是披着一身晚霞，在傍晚六时与妻离家的。就在离家之前，我打开电子邮箱，收到北京大学老同学的电子邮件，得知我的同班同学伉铁保今早病逝，赶紧发去唁电。伉铁保曾经担任海口市副市长。今年1月，我在海口的时候还跟他通过电话，他说“我来看你”。只是彼此都忙，来不及见面，想不到那句“我来看你”竟成永诀，大有人生苦短之感。

虽说是在“五一”假日期间，而且又是周末，但是这时候路上的车子不多，一路无阻，轿车只花了五十分钟就抵达上海浦东机场了——此前一个多星期，我出席重庆全国书市归来，从浦东机场乘车回家，路上由于是周末下午，足足被堵了两小时。

当我来到签票处，已经有许多人在那里排队了。虽说绝大多数是黄皮肤、黑眼睛的，但是许多人手持深蓝色护照——澳大利亚护照。不言而喻，这些人大都是这些年来从中国到澳大利亚的新移民。他们往往一人托运两个大箱子。按照规定，每位旅客可以免费携带的行李是三十二公斤。我和妻两人只托运两个拉杆箱而已，其中一个箱装着我的书，准备送给澳大利亚的文友们。有句歇后语“孔夫子搬家——全是书

（输）”，作为作家，我则是出国送礼全是书。

上海与悉尼之间的直线距离 8243 公里。我理所当然地带了中国国际航空公司的“知音卡”，把这漫长的里程“刷”进行程累计卡中。签票的小姐满足了我的要求：给我靠窗口的位置，而且这位置不在飞机的翅膀处，这样便于我能够从飞机上俯摄。

澳大利亚树木蓊郁

在办理出境手续的时候，我发现边境检查站空荡荡的。须知，这时候正是“五一”假日，倘若在白天，即便二十多条出境通道全部打开，每条通道前都会排起长队。我曾目击出国的旅客像潮水一般涌过边境检查站。眼下，只开一条通道，排队者仍只是三三两两。

不过，很多旅游团选择夜班飞行。晚九时甚至深夜十一时三刻上飞机，仍算是“一天”。掐头去尾，所谓“澳大利亚八天行”，真正在澳大利亚的时间不过五天多。

时间尚早，我在候机室等候。坐在我的对面的小姐，在用手机通话，那话别人听不懂，作为老乡的我却听得懂——她在用温州话打电话。温州人如今成了中国的犹太人，满世界跑，到处做生意。我跟她聊天。她说，她已经加入澳大利亚国籍，经常往返于上海与悉尼之间，忙着做生意。

这时候，一位中年男子走了过来，他自我介绍说，姓陈，来自安徽，在那里的中国石油化工公司工作。他读过我的许多书，跟我聊着。他也前往悉尼。

聊天仿佛缩短了等候的时间，开始登机了。

这架“空中客车 300–200 型”飞机一排八座，按照“2–4–2”排座，座位相当宽敞。最感方便的是，每人前座后背上有一液晶显示屏，一副耳机，有着五六个电影频道供旅客自由选择，可以在漫长的旅途中得到文化享受。我环顾机舱，几乎座无虚席！

上飞机时，我取了一份上海的《新闻晚报》，上面有条消息称“今日立夏”。我不知道澳大利亚是否相应是“今日立秋”？

起飞之际，从窗口望出去，入夜的浦东机场，灯火点点。硕大的候机楼，璀璨通透。

起飞之后，窗外一片黑黢黢的。幸好屏幕上有一个飞行现况频道，不断显示飞行的状态，诸如飞行高度 10820 米，机外气温 −49℃，全程飞行的时间为 10 小时 20 分。

从屏幕上显示的飞行路线图得知，飞机并非按照直线从上海飞往悉尼。飞机从上海浦东机场起飞之后，紧贴着中国大陆的海岸线飞行，先是按照东南方向飞，途经我的故乡温州，再经过福州，前往厦门。厦门是一个转折点。飞机从厦门开始离开中国大陆的海岸线，按照西南方向飞行，进入公海，从菲律宾西边飞行，再从印尼的群岛中间穿过，然后飞向澳大利亚……

就飞行时间而言，从上海到悉尼跟从上海到旧金山差不多。然而，从上海到旧金山，是从西向东横向飞行。就经纬度而言，上海位于东经121度，北纬31度，而旧金山是西经124度，北纬38度。就经度而言，上海与旧金山都在北半球，上海的北纬31度与旧金山的北纬38度相差不大，但是经度相差甚大，即从东经121度到西经124度。气候取决于纬度，而时间取决经度。上海与旧金山的经度相差很大，也就造成了时差很大，达十六个小时！记得，我在下午五时从上海起飞，经过十多小时飞行，到达美国旧金山是当天当地时间中午十二时！

从上海飞往悉尼，却是从北向南飞行。悉尼位于东经151度，南纬33度。就经度而言，从上海的东经121度到悉尼的东经151度，相差不大，时差不过两小时——悉尼时间比上海时间早两小时。正因为这样，到了澳大利亚，很快就克服了时差反应。这相当于从上海飞往乌鲁木齐，也是时差两小时，只是乌鲁木齐（日出）时间比上海时间晚两小时（由于全国都采用北京时间，从时间的绝对值上并无差异）。但是，就纬度而言，从上海的北纬31度到悉尼的南纬33度，相差甚大，所以两地的气候正好相反。

起飞不久，供应一顿晚餐——其实是宵夜。吃过之后，我便昏昏入睡。大约是常年在外奔波，我养成了随遇而安的生活适应能力，到哪里都倒头便睡，一觉到天亮。在飞机上，虽说无法“倒头”睡觉，我斜靠在椅子上仍睡得很深、很香。清早五时多，前座打开了阅读灯，这才使我从梦乡中醒来。我把窗口的挡板向上移开一条缝，一缝橘红色的朝阳射了进来。担心

澳大利亚，那么多的飞鸟

影响别人的睡眠，我迅即关上了挡板。

这时，我打开了液晶小屏幕，得知飞机已经在澳洲大陆上空飞行。

早上六时，机舱的大灯亮了，开始供应早餐。这时，我打开窗口的挡板，拿出数码相机，拍摄澳洲的大地。机翼下的澳洲大地一片黄褐色，布满木纹似的曲线。没有河，没有公路，没有房屋，没有农田。见不到青草，见不得树木。澳洲那么大，其实百分之九十以上都是这样荒凉的不毛之地。澳大利亚的主要城市，除了首都堪培拉之外，差不多都在沿海地区。

进入公海，波光粼粼的太平洋

这时，我把手表拨快了两小时，从上海时间改成悉尼时间。于是，早上6时也就变成了上午8时。

飞机从达尔文市进入澳洲大陆之后，一直朝着东南方向飞行。澳洲大陆的东南部，是澳大利亚最繁华的地区。澳大利亚的三大城市——悉尼、墨尔本和首都堪培拉，都在这一地区。

渐渐地，机翼下出现零零星星的绿色。起初，星星点点的绿色，像大饼上稀疏的芝麻粒儿。星星点点的绿色逐渐增多，变成了一块块绿斑。绿斑又汇聚成一大片一大片绿地。不过，这绿色不是翠绿或者墨绿，而是灰绿。这是桉树林的颜色。澳洲长着成片的桉树林。桉树有一股特殊的香味——桉叶糖的气味。

随着绿色的增多，不言而喻，临近悉尼了。飞机预计在当地时间上午九时四十分到达悉尼。

这时，空中小姐给旅客们分发澳大利亚入境表和海关申报表——两表合一。填表的时候，我发现，跟中国的习惯不一样，中国人喜欢打勾表示肯定，而澳大利亚则以打叉表示肯定。

澳大利亚的海关申报颇为严格，连药品都必须申报。妻带了平常服用的药品，在申报表上写明携带药品。

至于食品，尤其是肉制品，不论已经制成肉松或者牛肉干，是不许带进澳大利亚的。

澳大利亚甚至不许携带穿过的运动鞋，担心鞋底沾了泥土，而泥土中含有病菌。

从空中看悉尼

悉尼的海湾和大桥

机翼下的悉尼班克斯敦机场

刚刚填完入境表，空中小姐给每位旅客发一张餐巾纸，用来掩鼻，因为这时另一位空中小姐开始在机舱里喷洒消毒液，足见澳大利亚对于检疫工作的重视。

机翼下出现河流，大片的农田。飞机开始下降。悉尼已经历历在目了。这时，晴空万里，而悉尼的空气透明度又高，我连续拍摄了许多张悉尼航摄照片。

从空中观看悉尼，像一张摊开的巨大的煎饼。绝大多数悉尼的房屋是平房或者两层的楼房，红色的屋顶被每幢房屋的前后花园包围着。用房地产业的专业名词来说，这里房屋的“容积率很低”。悉尼是澳大利亚第一大城，人口 400 万，人口密度为每平方公里 8400 人，是澳大利亚人口密度最高的城市。然而，上海不仅总人口是悉尼的 5 倍，而且内环线以内市区的人口密度达到每平方公里 3.39 万人，远远高于悉尼。

由于澳大利亚地广人稀，几乎家家户户都住平房或者两层的楼房，用上海人的眼光来看，他们住的都是别墅，或者说是花园洋房。正因为这样，悉尼虽然总人口远不如上海，但是悉尼的占地面积则远大于上海，相当于四个上海！

我终于见到了碧绿的大海，见到了一幢幢高楼。那是悉尼的市中心，才是高楼密集的地方。

飞机平稳地降落在悉尼国际机场——班克斯敦机场(Bankstown Aerodrome)。班克斯敦机场是澳大利亚最繁忙的机场。班克斯敦机场位于悉尼中心商业区西南 22 公里处，离班克斯敦市西面 5 公里。

入境手续非常顺利。在经过悉尼机场海关的时候，妻主动出示所携带的药品，海关检查人员只看了一眼，就一挥手让我们过关了。他们对于主动出示相关物品的旅客，格外地友好。相反，有一位旅客在手提包里放了一包吃剩的牛肉干，没有申报，遭到澳大利亚海关罚款。

我终于结束了 10 小时的空中之旅。

办理签证的时候

2006 年 9 月 25 日澳大利亚华人团体联合会会长陆峰（左二）等到上海作者家做客

我和妻不是参加旅游团前往澳大利亚的，而是在澳大利亚驻上海总领事馆办理了商务签证。

2006 年 9 月 25 日，澳大利亚华人团体联合会会长兼澳大利亚华侨工业部工商总会会长陆峰先生以及李剑云先生，在我的老朋友、旅澳作家王亚法先生陪同下，一行四人，来到我家。陆峰会长邀请我和妻子访问澳大利亚。

2007 年 1 月初，陆峰会长发函邀请我和妻前往澳大利亚访问。由于当时我不在上海，直到 2 月初回沪，才收到他的邀请函。于是，着手办理赴澳大利亚的签证手续。

澳大利亚驻上海总领事馆的签证处，是跟澳大利亚驻上海总领事馆分开的。这就像美国驻上海总领事馆一样，美国的签证处在热闹非凡的上海南京路梅龙镇广场，而美国总领事馆则在上海淮海中路。澳大利亚驻上海总领事馆在南京西路 1168 号中信泰富广场 22 楼，而签证处则在上海南京西路 1376 号上海商城 401 室。

上海商城与其说是商城，倒不如说是上海最顶尖的豪华办公楼。在上海商城的核心位置，是著名的波特曼丽嘉酒店（The Portman Ritz-Carlton.Shanghai），通常上海人叫它波特曼酒店。上海的五星级酒店有的是，而上海波特曼酒店那么有名，不仅仅因为它是丽嘉酒店集团公司在中国的旗舰店，而且因为美国总统小布什在上海出席 APEC 会议的时候，就住在这家酒店。

我在 2007 年 2 月 13 日来到那里领取签证表格。我步入波特曼酒店的西侧的一幢楼，一进门就是一排电梯。上了四楼，电梯门一开，就看见墙上嵌着巨大的澳大利亚国徽，那里就是澳大利亚总领事馆的签证处。

我是在上午八时多到达的，走廊上已经有十来个人在排队，不像美国领事馆那里总是排着数百人的长蛇队。上午八时半，签证处就开始工作。进入签证处，按照规定必须把手机关掉，另外要通过一扇安全检查门进行检查。

一位接待小姐很客气回答了我有关签证的问题，并给了我和妻澳大利亚签证表格。

翌日，我和妻带了用英文填写的签证表格以及相关文件，也是在八时多到达那里。我和妻被安排到六号窗口，一位小姐负责签证事务。她看了签证申请表格以及邀请信，特别是看到护照上有那么多次美国签证以及其他西方国家的签证，当即说，可以给我们商务签证或者旅游签证。她要我和妻交了签证费，每人 450 元人民币。在美国领事馆签证的时候，签证官当场就会告诉你是否给予签证，只是美国领事馆要提前一个来月打电话预约签证。澳大利亚领事馆不必预约签证，但是要等到 3 月 6 日才能取回护照（中间因中国春节休假三日），而且当场并不马上表示是否准签，等到前来取护照的时候才能知道是否获得签证。当然，我相信我和妻是会顺利获得签证。

我去办理签证的时候，见到诸多老年人办理探望子女的探亲签证，也有的中青年受公司的派遣前往澳大利亚，办理商务签证。原本赴澳大利亚的学生签证颇多，高峰期在开学前夕。据告，25 岁以下的单身女子，除了学生签证之外，拒签率甚高。

3 月 6 日上午，我再度来到澳大利亚总领事馆签证处的时候，我的护照上已经贴着橘红色的签证，并标明在 5 月 23 日前有效。

作者来到澳大利亚驻上海总领事馆所在的波特曼酒店办理签证

我原本准备 3 月份前往澳大利亚，由于王亚法先生直到 4 月中旬才从上海回到悉尼，还要预留一些时间让他做好接待的准备工作，所以我的访问时间推迟到“五一”长假。

我开始跟航空公司联系，预定上海飞往悉尼的机票。这时，我发现订机票也有许多讲究：上海飞往悉尼的航空公司很多，有国航、东航，也有新加坡航空公司、澳大利亚航空公司，还有港龙公司途经香港再转华航飞往悉尼的，票价各不相同。通常，周中价比周末、周日价便宜。往返票比两张单程票要便宜许多。就往返票而言，半年有效比一年

上海初夏时节，澳大利亚则是初秋景色

有效便宜。三个月有效又比半年有效便宜。四十五天或者一个月有效更加便宜。另外，淡季比旺季便宜。

上海到悉尼的机票，在淡季——中国盛夏、澳大利亚严冬时，往返机票不到人民币四千元。

初夏时节前往悉尼，算是平季，往返的经济舱机票通常在4600元至6000元人民币左右。当然，这只是机票的价格，还要加上澳大利亚税、燃油税，约1600元人民币。新加坡航空公司的服务，人人赞扬，然而机票的价格也相应比较高一些。从上海可以乘新加坡航空公司的航班经停新加坡，下来旅游几日，再飞往悉尼，这么一经停，价格也比直飞悉尼要贵。

韩国航空公司的上海飞往悉尼的航班，也有经停首尔的。

上海飞往澳大利亚的航线，除了飞往悉尼之外，还有飞往墨尔本、布里斯班和珀斯的航线。墨尔本是澳大利亚第二大城，布里斯班的黄金海岸是著名海滨旅游区，珀斯则是澳大利亚西南部重镇。

澳大利亚·澳洲·大洋洲

悉尼海滨的私家游艇

在办好签证、买好机票之后，我开始关注这个没有去过的国家。

澳大利亚虽然与中国远隔重洋，分处于南北两个半球，但是在我童年时期的集邮册上，就已经有了澳大利亚和新西兰的邮票。那时候，把新西兰叫做 "纽西兰"，即把英文中的新——"New"音译为"纽"。至今，港台地区仍称新西兰为"纽西兰"。

中国于1972年与澳大利亚正式建立外交关系。中澳一直是非常友好的国家。在中国大陆改革开放之后，我的许多朋友先后到了澳大利亚。王亚法先生原本是上海一家出版社的编辑，跟我在20世纪70年代就相识，他在1988年从上海前往悉尼，成为澳大利亚公民。我的文友、作家刘观德也在那时候去了澳大利亚，不过只呆了一年就回上海了。他曾经写了一本纪实作品《我的财富在澳洲》，在当时引起关注。此后，我的不少朋友的孩子前往澳大利亚自费留学——一边打工，一边上大学。如今，每天打开上海的报纸，便可以见到诸多办理澳大利亚留学或者移民的中介公司的广告。

不过，我跟许多没有到过澳大利亚的人一样，对于澳大利亚的认识是相当粗浅的，甚至分不清"澳大利亚"和"澳洲"的不同。

其实，澳大利亚是澳大利亚联邦 (The Commonwealth of Australia) 的简称，而澳洲是大洋洲的简称。

澳大利亚 (Australia) 一词，意即"南方大陆"。欧洲人在17世纪初叶发现这块大陆时，误以为这是一块直通南极的陆地，故取名"澳大利亚"——australia，是由拉丁文 terraaustralis（南方的土地）变化而来。

大洋洲则与亚洲、欧洲、美洲、非洲并称，是地球上的五大洲之一。大洋洲有 15 个独立的国家：澳大利亚、新西兰、瑙鲁、帕劳、巴布亚新几内亚、萨摩亚、斐济、所罗门群岛、基里巴斯、密克罗尼西亚联邦、图瓦卢、汤加、马绍尔群岛、瓦努阿图、库克群岛。

大洋洲简称澳洲。澳洲包括澳大利亚，而澳大利亚并不就等同于澳洲。

大洋洲陆地总面积约 897 万平方千米，约占地球陆地总面积的 6%，是世界上最小的一个洲。

澳洲的总人口只有 2700 万，约占世界人口的 0.5%，是除南极洲外世界人口最少的一洲。

在澳洲的 15 个国家之中，澳大利亚和新西兰两国属于经济发达的国家，而其他岛国多为农业国，经济比较落后。

就人口而论，澳大利亚是小国；就国土面积而论，澳大利亚是大国。

就历史而论，给予澳大利亚最大影响的国家是英国；就当今的政治而论，给予澳大利亚最大影响的国家是美国。

英国给了澳大利亚深刻的影响，是因为英国探险家和航海家詹姆斯·库克（James Cook，常被人们称为库克船长）于 18 世纪后半期率领“奋进”号进行探险航行，发现澳大利亚和新西兰。

自从英国人发现了澳大利亚，大批的英国人移民到澳大利亚，于是澳大利亚就按照英国的文化传统建设起来。澳大利亚的老房子，差不多都是英国维多利亚女皇时代的式样。英语成了澳大利亚的官方语言。

悉尼的澳大利亚博物馆，展示了澳大利亚的历史进程

澳大利亚的国旗

澳大利亚男孩戴着“国旗帽”

澳大利亚是英联邦成员国，英国女王为澳大利亚的国家元首。澳大利亚国旗的左上角为英国国旗“米”字图案，表明澳大利亚与英国的传统关系。

澳大利亚国旗的旗地为深蓝色。在左上方“米”字下面为一颗较大的白色七角星。旗地右边为五颗白色的星，其中一颗小星为五角，其余均为七角。

袋鼠成了澳大利亚象征性的动物

澳大利亚国徽图案

那颗最大的七角星象征组成澳大利亚联邦的六个州和联邦区（即北部地区和首都直辖区）。五颗小星代表南十字星座。南十字星座是南天小星座之一，星座虽小，但明亮的星很多。南十字星座为“南方大陆”之意，表明澳大利亚处于南半球。

我飞抵悉尼机场时，第一眼就见到许多飞机的翘起的机尾上画着红地白色的袋鼠图案。袋鼠成了澳大利亚象征性的动物。

在澳大利亚驻上海总领事馆签证处门口的墙上，我见到巨大的澳大利亚的国徽：左边是一袋鼠，右边是一只鸸鹋，这两种动物均为澳大利亚所特有，是国家的标志，民族的象征，中间是一个盾，盾面上有六组图案分别象征这个国家的六个州。红色的圣乔治十字形（十字上有一只狮子、四颗星），象征新南威尔士州；王冠下的南十字形星座代表维多利亚州；蓝色的马耳他十字形代表昆士兰州；伯劳鸟代表南澳大利亚州；黑天鹅象征西澳大利亚州；红色狮子象征塔斯马尼亚州。盾形上方为一枚象征英联邦国家的七角星。周围饰以澳国花金合欢，底部的绶带上用英文写着“澳大利亚”。

澳大利亚名义上的国家元首是英国女王，女王任命总督为其代表，总督是澳大利亚最高长官。现任总督迈克尔·杰弗里（Michael Jeffery），是在2003年8月宣誓就任的；现任澳大利亚总理是陆克文（Kevin Rudd），2007年11月24日当选。

谁最早发现了澳洲？

詹姆斯·库克

我关注着澳洲，关注着澳大利亚，也关注起澳洲的发现史。

澳洲是英国人詹姆斯·库克（James Cook）发现的，这似乎已经是铁板钉钉的事，已经被载入澳大利亚史册，也被载入澳大利亚教科书。

詹姆斯·库克，1728 年 10 月 27 日出生在英格兰约克郡的一个贫苦农民家庭。十八岁的时候，他在一艘运煤船上当了水手，并随船几度到波罗的海航行，从此对航海产生浓厚的兴趣。1750 年加入英国皇家海军，不到一个月他就被提升为大副。他被派往北美洲参加英法战争，有了第一次远航的经验。四年之后，詹姆斯·库克升为船长。从这时候起，人们总是称呼他为库克船长。1763 年，战争结束，库克仍然继续担任船长。

在 1767 年，英国探险家沃利斯所率领的探险队宣布，在南太平洋发现了美丽的塔希提岛（今波利尼西亚的一个主岛），那里一派热带风光，风景诱人。沃利斯还透露一个重要信息："在太平洋上的落日余辉中瞥见过南边大陆的群山。"这就是说，在塔希提岛的南面，还有"大陆"！

关于在南半球存在"南方大陆"的预测，很早就有欧洲学者提出。他们当时的理论是：在北半球既然有那么大的大陆，那么在南半球必定有相应的"南方大陆"，这样才使地球保持"均衡"。

沃利斯所说的"在太平洋上的落日余辉中瞥见过南边大陆的群山"，会不会就是欧洲学者预言中的"南方大陆"？

就在这时，英国空想探险家亚历山大·达尔林普尔又来凑热闹，他说经过"计算"，推测出塔希提岛以南的这个大陆的人口为 5000 万！

堪培拉格里芬湖边的地球仪上标明库克从英国到澳大利亚的路线

这些消息，在英国炒得沸沸扬扬，引起了英国政府的注意。向来注重在海外扩张领土的英国政府，决定派出皇家海军太平洋考察队，前往南半球，去寻找那个拥有“5000万人口”的“南方大陆”，以求扩大英国的版图。库克被荣幸地指定为皇家海军太平洋考察队队长。对于库克来说，这是历史性的远航。

不过，为了避免别的国家闻讯抢在英国前面占领那“南方大陆”，英国政府对库克此行的真正目的严格保密。他们把库克此行说成是“受格林威治天文台的委托，到南太平洋观察金星”。格林威治天文台也真的派出了天文学家，随船同往。

当时，英国政府调拨给库克的是一艘重达386吨的运煤船，名叫“奋进号”，这艘三桅木帆船曾经在北海行驶过四年。虽说这艘船有点旧，库克还是努力加以整修，并训练了20名水手随他远航。

1768年8月26日，库克所率木帆船“奋进号”从英国普利茅斯起航，横越大西洋。然后，经过巴西，向南绕过南美最南端合恩角，进入太平洋。

1769年4月13日，库克率“奋进号”船，终于到达南太平洋的达塔希提岛。天文学家在那里进行科学观察，用天文望远镜发现了难得一见的金星凌日，算是不虚此行，完成了格林威治天文台的委托。

在达塔希提岛的那些日子，库克用他的望远镜，一直关注着达塔希提岛的南方。

1769年7月13日，天文学家们终于结束了对金星的观测，库克便下达向南航行的命令。

向南，并没有发现“南方大陆”，却遭遇一群岛屿。库克花费了一个月，在这群岛屿中绕来绕去。

又向南努力寻找了一个来月，仍然没有发现“南方大陆”的踪影。这时候，在北半球正值盛暑，而在南半球却是寒冬。“奋进号”艰难地在寒风中前进。

已经向南航行了两个月，毫无“南方大陆”的影子。库克命令“奋进号”向西航行。

10月7日，他们终于看到了地平线上出现了黑点。库克发现了一个新的大岛。只是这个大岛并非那个有5000万人口的“南方大陆”。

库克又发现大岛南端有一道海峡。隔着海峡，还有一个岛。库克命“奋进号”绕着这两个岛和岛间的海峡作“8”字形航行，终于在1770年3月底绘出这两个岛的形状。这便是新西兰的北岛和南岛。库克宣布，这两个岛为英国所有。为了表彰库克的贡献，英国政府后来把北岛和南岛中间的海峡，命名为库克海峡。

不过，库克感到遗憾，因为他还没有发现“南方大陆”。他甚至怀疑，传说中的“南方大陆”，到底有没有？

毕竟已经离开英国两年了。水手们都想家了。库克决定向西航行，返回英国。

就在西行途中，库克见到地平线上露出一大片黑色的影子，水手们也极度兴奋起来。显然，那里是一个很大很大的岛。

“奋进号”沿着这个很大很大的岛航行好多天，证明这里就是“南方大陆”！

1770年4月19日，“奋进号”在这个“南方大陆”发现了一个风平浪静的海湾，便在这里泊岸。库克率水手们在这个美丽的海湾登陆。库克在这里升起英国国旗，宣布这里属于英国，把这里命名为“新南威尔士”。他在一棵橡胶树上，用刀刻下登陆的这个历史性日期。这里，后来被叫做悉尼，成为新南威尔士州的首府。

1771年7月12日，库克终于率“奋进号”回到英国。

库克向英国政府报告发现“南方大陆”，引起英国政府的极大关注。不过，英国当时正在北美殖民地陷入困境，顾不上开发库克所发现的“南方大陆”。

从1775年至1783年，在英国的北美殖民地爆发了著名的独立战争，英国最终失去了北美殖民地。那里建立了一个崭新的独立的国家——美国。

于是，北美的失败，导致英国政府把目光转向库克所发现的“南方大陆”。

原本英国把北美殖民地作为在海外最大的犯人流放地，这时，英国国王决定把“南方大陆”作为英国新的海外犯人流放地。库克船长奉命率领的一支由六艘运送囚犯的船所组成的船队，向“南方大陆”进发。

1788年1月26日，在库克船长的率领下，第一批英国流放犯人的船队在澳洲悉尼登陆。这一天，后来被定为澳大利亚的国庆日。在1988年1月26日，澳大利亚隆重庆祝了国庆二百周年。

库克船长为发现澳洲建立了不朽的功勋，他被誉为“澳洲之父”，“澳大利亚国父”，“太平洋之王”，受到尊重。

悉尼的库克雕像

我在悉尼皇家植物园里见到高大的库克青铜塑像，在堪培拉见到记录库克发现澳大利亚路线的巨大的青铜地球仪以及用他的名字命名的高达137米的库克喷泉。在墨尔本有库克小屋，足见澳大利亚人对于库克的深深怀念。

除了今日新西兰北岛和南岛间的海峡以他的名字命名为库克海峡（COOK STRAIT）之外，南太平洋中也有一个群岛以他的名字命名为库克群岛。

为了纪念当时的英国内政大臣悉尼（SYDNEY），英国人把库克的登陆之处命名为"悉尼"。

自从英国的殖民势力在悉尼扎根之后，从澳大利亚东南部的悉尼逐渐向澳洲大陆全境发展，先后建立了新南威尔士、塔斯马尼亚两个殖民区。接着，在1829年、1836年、1851年和1859年分别建立西澳、南澳、维多利亚和昆士兰等四处殖民区。随着各殖民区之间的联系不断加强，建立统一的联邦势在必行。1901年1月1日，英国国会通过由澳大利亚六个殖民区联合议定的宪法，正式成立了"澳大利亚联邦"。原来的六个殖民区，分别成为澳大利亚联邦下属的六个州。

虽说英国库克船长发现澳洲，是铁板钉钉的史实，但是仍遭到诸多质疑和挑战。

我听说一个有趣的故事：

在二百多年前，当英国库克的"奋进号"还在海上航行的时候，法国海军将领亚兰梅带领船队率先驶入了今天的澳大利亚悉尼港。亚兰梅登陆后，把海港命名为"拿破仑港"。当法国军队正在安营扎寨之际，亚兰梅被一只飞来的蝴蝶所吸引，发现这是一只极其罕见的珍贵品种，他于是下令全军跟他一起追踪蝴蝶，希望找到更多的珍贵品种。正当法军走入山谷，远离海港的时候，库克率领的英国水手登陆，原本他为迟来一步扼腕而叹，可是见到停泊在海边的法国军舰上空无一人，也不见法国人在岸上留下任何占领标记，于是大喜过望，马上在港口升起英国国旗。当亚兰梅心满意足地带着无数珍贵蝴蝶返回时，惊讶地看到海港插满了英国旗帜，库克以占领者的身份祝贺亚兰梅的收获，并要求法国人立刻离开。

堪培拉的库克喷泉

这个故事近乎荒唐，却道出了当时英国和法国争夺海外殖民地的激烈情形。

不过，以下的故事却不荒唐，而是确有其事：

据英国《每日电讯报》2006年报道，英国历史学家彼得·特里克特在新书《摩羯座之外》中指出，早在1522年，葡萄牙航海家就已到达今天的澳大利亚，并绘制了比较准确的澳大利亚东海岸地图。

特里克特说，他在八年前无意间获得一组由阿特拉斯出版的古地图绘本，其上绘制了16世纪早期已为世人所知晓的世界。这组地图由几位法国绘图师依据葡萄牙人绘制的航海图复制而成。特里克特在研究中发现，其中一幅地图同澳大利亚东部昆士兰州的海岸线图十分相似。通过对地图的仔细研究，特里克特提出，法国绘图师错误地将两幅葡萄牙航海图拼接到一起才造成这种结果。于是他把地图一分为二，将位于下方的一部分旋转90度，重新得到的地图同澳大利亚东海岸和南海岸地图几乎完全吻合！

"我知道这令人难以置信，因为这比莎士比亚出生的年代还要早几十年。"特里克特在接受美国广播公司采访时说，"但这些地图显示了整个澳大利亚东海岸和南海岸的大部分，一直延伸到坎加鲁岛"。

特里克特认为，这些航海图由葡萄牙航海家克里斯托弗·德·门东萨绘制。他接受秘密派遣，从葡萄牙当时位于马六甲的军事据点出发，前去寻找马可·波罗笔下黄金遍布的神奇土地。门东萨到达过澳大利亚北海岸、东部沿海以及南部沿海地区。后来，他乘船经由新西兰的北岛返回马六甲。

"葡萄牙人被这一秘密发现困扰，因为当时他们正与西班牙对抗。"特里克特说，"他们没有把澳大利亚变成殖民地，是因为他们缺乏人力和物资。此后不久他们的王国便开始瓦解。"

特里克特认为，科学家于1976年在澳大利亚昆士兰州弗雷泽岛地区沙漠中出土的铅锤佐证了自己的发现。分析表明，这一铅锤来自葡萄牙或法国南部地区，大约制造于公元1500年。"这与地图告诉我们的相符合。"他说。

也是在2006年，退休的英国潜水艇艇长孟席斯出版了《1421年：中国发现世界》一书，他提出新的观点：是中国人最早发现澳洲。

孟席斯指出，中国比欧洲离澳洲更近。明朝郑和率领的大船曾三下南洋，途中有可能曾在澳洲北部登陆。因为在澳大利亚北部的达尔文地区曾出土了中国明朝的瓷器和雕像。

当然，争论归争论，但是库克发现了澳洲，并促成英国政府派船、派人前往澳洲，使澳洲成为英国的殖民地，这是无可争议的。正因为这样，在澳大利亚处处可以看见英国的历史与文化的影子。英国给了澳大利亚巨大的影响，澳大利亚也因此成为英联邦成员国。

塑料钞票——澳元

面值 20 的澳元

面值 100 的澳元

我所熟悉的外币是美元，对于澳大利亚的货币是完全陌生的。这次前往澳大利亚，我要在中国银行用人民币兑换澳大利亚货币，才开始熟悉澳大利亚货币。

澳元是澳大利亚联邦的法定货币，由澳大利亚联邦储备银行发行。

我曾经多次到过中国澳门。澳门的货币，也叫“澳币”、“澳元”，很容易跟澳大利亚的澳币、澳元混淆。其实，澳门的货币准确的名字应该叫“澳门币”、“澳门元”，不应该叫“澳币”、“澳元”。澳元的英文是澳大利亚元（AUSTRALIAN DOLLAR），缩写为“AUD”。

在英国人登陆澳洲大陆之后，澳大利亚使用的是英国的货币——英镑。随着移民澳大利亚英国人越来越多，英国政府不得不从英国本土运来大量的英镑。

在澳大利亚联邦诞生之后，1908 年，联邦议会认为应当发行自己的货币。于是，开始发行澳大利亚的硬币，进而发行澳大利亚的纸币。

第一次见到澳元纸币，我就觉得奇怪，摸上去的手感跟人民币纸币不同，澳元纸币表面光滑，纸薄而富有弹性。向澳大利亚朋友请教之后，才知道澳元纸币其实不是用纸做的，而是塑料钞票。塑料钞票也称塑胶钞票、有机聚合物钞票，更准确地说，是用人工合成的聚酯树脂做的。

澳大利亚是世界上第一个采用塑料钞票作为货币的国家。澳大利亚的塑料钞票，是经过二十多年的研制才终于投入使用。这种塑料钞票耐磨，不易折断，不怕揉洗，使用周期比纸币长。

澳大利亚的塑料钞票及其防伪标志

我注意到，澳大利亚塑料钞票的右下角，总是有一块粘上去的刻有镂空图案的小塑料片，据说那是防伪的标志。除了这一防伪标志之外，塑料钞票上还有三十多处高科技防伪暗号。正因为这样，澳大利亚的塑料钞票难以仿造，至今还没有发现伪钞。

就成本而言，塑料钞票比纸币贵。不过，由于塑料钞票使用寿命长，而且防伪性能好，所以贵一点还是值得的。

据说，澳大利亚决定研制塑料钞票，最初就是为了防止伪钞。1966 年，澳大利亚发现了一个试图伪造 10 元澳元的非法造假集团，联邦储备银行决定改变现行的印钞技术。1968 年，联邦储备银行和科学与工业研究组织（COIRO）确定实施一项以聚合物类材料和变光图案（OVD）相结合的塑料货币方案。经过二十年的研制，1988 年 1 月 27 日澳大利亚发行了建国 200 周年塑料纪念钞票，面值为 10 澳元。这也是世界上首次发行的塑料钞票。

塑料纪念钞票的发行成功，使澳大利亚决心采用塑料钞票作为流通钞票。从 1992 年至 1996 年期间，澳大利亚每年发行一种塑料钞票，从小额的 5 元开始，逐步发行 10 元、20 元、50 元、100 元，逐步取代了纸币。这样，澳大利亚成为世界上唯一拥有整套塑料流通钞票的国家。

这五种澳大利亚塑料钞票，颜色明显不同，很容易识别：5 澳元面值的塑料钞票为紫色，10 澳元面值的为蓝色，20 澳元面值的为橙色，50 澳元面值的为黄色，100 澳元面值的为绿色。塑料钞票上印着澳大利亚不同时代的伟人头像。

除了塑料钞票之外，澳大利亚还流通硬币作为小额辅币。

澳大利亚流通使用的硬币有六种面值：五分、十分、二十分、五十分、一元和两元。一澳元等于一百分（CENTS）。所有硬币正面的图案都是英国女王像，但硬币背面的图案，各不相同。

我很喜欢精美的澳大利亚硬币，回国的时候带回一大堆澳大利亚硬币。这些硬币背面的图案很多是澳大利亚特有的珍稀动物：

五分钱硬币背面的图案是澳大利亚特有的珍稀动物针鼹；十分钱硬币背面的图

案是一只尾巴羽毛高高竖起来的琴鸟；二十分硬币背面的图案是一只鸭嘴兽；五十分硬币是所有硬币中形状最大、分量最重的。它的背面的图案是澳大利亚的国徽，中心是一块盾牌，上面刻制了六个州的徽章，表明六个州联合组建成了澳大利亚联邦。一只袋鼠和一只鸸鹋共同护卫着这块盾牌。背景是澳大利亚的国花金合欢。五十分硬币是澳大利亚所有流通使用的硬币中唯一的一种多边形的硬币，其他的硬币都是圆形。

以上几种硬币的成分都是百分之七十五的铜和百分之二十五的镍。

一澳元和两澳元的硬币是黄铜色，成分是百分之九十二的铜、百分之六的铝和百分之二的镍。

一澳元硬币的背面是大大小小的五只袋鼠。

二澳元的硬币背面图案是一位澳大利亚土著人部落长老的肖像，背景是南十字星座和澳洲本地特有的草木植物。据科学家考证，土著人已经在澳大利亚生活了几万年。使用土著人长老肖像来铸造硬币表明了澳大利亚对土著人历史和地位的认可。

我平常只知道人民币对美元的汇率，从未关注人民币对澳元的汇率。这次要用人民币兑换澳元，这才开始注意起澳元的汇率。

在 2007 年 2 月，我去中国银行问了一下，6.1 元人民币兑换一澳元。当时因行程未定，未兑换澳元。在 2007 年 4 月底，我去中国银行兑换澳元的时候，已经猛涨到 6.45 元人民币兑换一澳元。营业员告诉我，这是在最近半个月内涨上去的，被人称为澳元的“汇率风暴”。

悉尼的澳元与外币汇率表

相对美元而言，人民币一路走高，不断升值。即使人民币连续升值，美国政府仍然觉得不够，不断施加压力，要求人民币大幅度升值。

然而，相对澳元而言，人民币却一路贬值。

在 2003 年，美元兑换人民币是 1∶8.265，而澳元兑换人民币是 1∶5.05。

此后，澳元继续升值，澳元兑换人民币一度维持在 1∶6。那段时间，中国人在换算的时候，习惯于把澳元乘以六，那就成了相对应的人民币。

然而，进入 2007 年之后，澳元仍继续攀升，直到升到澳元兑换人民币为 1∶6.45。

澳元，被经济学家评价为 20 世纪 30 年代以来最坚挺的货币。

我起初感到困惑:美元对人民币的汇率一直下跌,为什么澳元对人民币的汇率会扶摇直上呢?

我的朋友向我解释说,澳元对人民币的汇率不断上涨,原因是澳元对美元的汇率不断看涨。

面对澳元的“汇率风暴”,几家欢乐几家愁。

澳元升值,给澳大利亚的消费者带来了利好影响,意味着进口商品的价格下降,进口汽车的价格就下降了百分之十以上。这也意味着澳大利亚人出国旅游花钱更爽了, 不仅飞机票的价格下跌,而且旅游费用也下降。

澳元升值,给澳大利亚的出口商带来了困难,因为澳大利亚的出口商品是按照美元计价的,这意味着澳大利亚出口的羊毛、矿砂大幅度减少了收入。

对于中国人来说,澳元上扬,同样有喜有忧。

喜的是在澳大利亚工作的华人,澳元升值,意味着他们来中国的时候,手中的澳元更加值钱。

当然,对于那些供子女在澳大利亚上学的家长们而言,澳元升值,无异是当头一棒。因为澳大利亚的大学学费相对于中国的消费水平本来已经很高的了,如今再加上澳元升值,如同雪上加霜。

到了澳大利亚之后, 在悉尼街头, 我见到多处“Money Exchange”(钱币兑换店)。我知道,人民币在国外是无法兑换外币的, 因为人民币属于非流通货币。但是我试着在“Money Exchange”询问能否用人民币兑换澳元? 令我惊奇的是,营业员居然说可以兑换! 我询问汇率,他回答说,100 元人民币只能兑换十元多澳元, 显然大大高于在中国国内向中国银行兑换澳元的汇率。

悉尼街头钱币兑换店

作者试着询问能否用人民币兑换澳元,营业员说,当然可以, 只是汇率比中国银行高

AMP

初到悉尼

大悉尼与小悉尼

悉尼国际机场出口处

悉尼国际机场——班克斯敦机场

悉尼阳光明媚，天格外的蓝。白云舒卷，在蓝天中轻悠悠地移动着。

悉尼是澳大利亚新南威尔士州首府，是用当年英国内务大臣悉尼子爵的名字命名的。

在悉尼班克斯敦机场，我见到灰色的美国联合航空公司的飞机，见到尾翼上漆着红色太阳的日本全日空航空公司班机，也见到中国东方航空公司、泰国航空公司、新加坡航空公司的飞机。悉尼是澳大利亚主要航空港之一，悉尼机场拥有 37 条国际航线。

跟美国的机场一样，悉尼机场铺着地毯，而不像中国的机场铺着大理石或者瓷砖。

入境手续非常顺利。我和妻推着行李车走出悉尼班克斯敦国际机场。在出口处，见到前来迎接的王亚法先生，曾经来过我家的澳大利亚华人团体联合会的李剑云先生，还有澳大利亚悉尼中华文化节副主席周荣峪先生，悉尼华人作家协会何与怀先生，还有 Anita 小姐等。除了王亚法先生穿一件茄克衫之外，其余的男士一律西装革履，系着领带。Anita 小姐穿着露肩装，却围着一条雪白的羊皮围巾。我有点不好意思，因为刚下飞机的我，连领带都没有系。他们献上鲜花，表示了一片欢迎的诚意，我当即深表感谢。

何与怀先生送给我当天的《澳洲新报》，副刊以通栏标题刊登报道《热烈欢迎中国著名作家叶永烈先生访问澳大利亚》。此外，还同时发表了我的照片以及两篇散文。

挑选了机场里一块“Welcome”标语牌作为背景，我们在机场合影留念。经记者钟亚章先生报道，照片发表于翌日的《星岛日报》，还配了报道《中国当红传记作家叶永烈访澳》。

作者夫妇在机场受到悉尼朋友的欢迎

新来乍到，我还分不清东南西北，朋友们便送我和妻前往一个听上去有点拗口的地方——阿什菲尔德（Ashfield）。

轿车沿着马路的左边行驶。悉尼大多数的马路并不很宽，但是车速很快。即便是一条小小的马路，路口也都安装了红绿灯。

悉尼看上去有点像旧金山，道路有点起伏，因为这里是丘陵地带，但是不同于重庆那样的山城。

机场的合影发表于翌日的《星岛日报》上

悉尼非常繁华，街道两旁商店林立。这里车水马龙，却井然有序，街道整洁。

悉尼是新南威尔士州的首府，也是澳大利亚最大的城市，人口最多的城市。悉尼的人口占澳大利亚总人口的五分之一。也就是说，五个澳大利亚人之中，就有一个居住在悉尼。悉尼是澳大利亚商业、贸易、金融、旅游和文化中心。悉尼有着南半球的纽约的美誉。

悉尼道路有点起伏，因为这里是丘陵地带

王亚法一边驾车，一边跟我说，其实悉尼的概念有大小之分。通常人们所说的悉尼，是大悉尼，即包括悉尼市和附近四十四个小城市。所谓悉尼拥有四百万人口，指的就是大悉尼。狭义上的悉尼，是指作为行政区划的悉尼市，辖区仅有六平方公里，居住人口不到两万人。中国一位著名影星访澳的时候，把悉尼市的市长当成管辖四百万人口的市长，围着他打转转，却把大悉尼的一位权威人士撂在一边，闹了笑话。

悉尼已经是一个日益国际化的大都市。2000 年奥运会在悉尼举行，使悉尼的国际声望和知名度得到空前提高。

悉尼也是澳大利亚最古老的城市。1788 年，库克船长率领的首批英国殖民者在

悉尼市中心高楼林立

老房子里面全部被拆除了，但外墙却依然屹立，重建时外墙照旧

悉尼建于 1844 年的宾馆

悉尼登陆，使悉尼逐步城市化。悉尼于 1842 年 7 月 20 日正式建市，迄今已经有 165 年的历史。对于中国来说，一百多年历史的城市不算什么，中国有的是几千年历史的城市，然而这在澳大利亚已经是很“古老”的城市。在悉尼，百年的房屋就算是历史性建筑，得到保护。

我见到悉尼的一处临街的老房子，里面全部被拆除了，外墙却依然屹立。据告，这是内部重建，而外貌依旧。即使这样的老房子保护性重建，也必须得到政府相关部门的批准。

王亚法告诉我，悉尼是海滨城市，夏无酷暑，冬无严寒，日照充足，景色秀丽。他来到这里二十年了，深深地爱上这座美丽的城市。他说，相信你也会喜欢悉尼。

王亚法说，悉尼的自来水很干净，可以直接饮用。

我注意到，在悉尼许多公共场所，安装了喷射式饮用自来水龙头。只要拧开龙头，自来水就喷射到你的嘴巴里。

王亚法还说，悉尼的空气也很干净。

果真，我在悉尼居住多日，衬衫的领子一直干干净净，没有一点黑污。我的皮鞋也始终亮丽如新，没有尘土。

小上海——阿什菲尔德

阿什菲尔德街头

我查看了悉尼地图，阿什菲尔德坐落在悉尼市中心的西南面，距离市中心约七八公里。

阿什菲尔德看上去像一座小城市，是大悉尼的四十四个小城市中的一个。

进入阿什菲尔德，没有见到摩天高楼，街道两侧大多数是两三层的楼房。

他们为什么安排我住在这里呢？一见到这里的商铺招牌大都是用中英文书写的，那就明白了。起初我以为这里是唐人街，而王亚法却解释说，阿什菲尔德是悉尼的“小上海”——这里是悉尼的上海人聚居之地。王亚法的家以及李剑云、周荣峪先生的家，都在这里。正因为这样，他们安排我住在这里，也就理所当然。

在阿什菲尔德大街的中央，我见到挂着“夜上海”、“新上海”、“上海小吃王”、“上海城隍庙小吃”的餐馆招牌。周荣峪先生告诉我，他在这里开了好几家餐馆，其中的“夜上海”就是他开的。“夜上海”在悉尼颇有名气，报纸、电视台多次报道，慕名而来的客人颇多，几乎天天客满，其中固然有许多上海客人，但是也有许多“老外”——其实，中国人在澳大利亚是“老外”，而澳大利亚的中国人却仿佛仍生活在中国似的，把澳大利亚当地人叫做“老外”。

阿什菲尔德大约有两万居民。这座小城怎么会成为“小上海”的呢？

后来，我在这里结识了澳洲上海同乡会副会长周天豹先生。也真巧，他竟然是我在上海的老邻居。他告诉我，二十多年前，他和几个上海同乡看中了阿什菲尔德，觉得这里交通方便，于是在这里开店，卖上海货。这么一来，许多上海人前来买货。渐渐地，前往阿什菲尔德的上海人越来越多。“老乡帮老乡”，身在海外，同乡是一股凝聚力。许多上海人开始在这里定居。这样，“小上海”的名气越来越响，街上不仅可以到处听见普通话，而且可以听见“阿拉、阿拉”上海话。

阿什菲尔德的交通确实方便。从这里可以乘坐 480 路、483 路公共汽车直达市中心。另外，阿什菲尔德的火车站是大站，可以乘坐火车直达市中心。

入乡随俗，我也说乘“火车”——“Train”。其实，这“火车”可以说是电气列车或者轻轨。说是地铁，也可以，进入市区之后，“钻”入地下。从阿什菲尔德乘坐火车前往市中心，确实非常方便，可以直达中央火车站、市政厅以至悉尼歌剧院。阿什菲尔德出游方便。对于上班族来说，阿什菲尔德也是一个很合适的居住之地。王亚法告诉我，他的儿子、媳妇在市区上班。尽管他们都拥有轿车，但是由于市区停车困难，平日都是乘坐火车前往市区上班。

火车有快、慢车之分。上班的时候，会有很多快车。我从阿什菲尔德乘坐快车，只在中间停一站，就来到市区的中央火车站。乘火车进市区，十几分钟就到了。

顺便提一句，澳大利亚人仿照英国人的习惯，把市区称为“City”。

在阿什菲尔德与市区之间，是悉尼大学、悉尼理工大学（又译为悉尼科技大学）。不少中国留学生也住在阿什菲尔德，这里的房屋租金要比市区便宜，而且生活方便。据说，这里一室一厅的周租（澳大利亚以周计算租金）约 200 澳元，而市区一间带家具的学生宿舍的周租至少也要 280 澳元。

轿车沿着阿什菲尔德的大街行驶，我见到地产公司、会计公司、旅游公司、华人诊所、银行、酒楼、餐馆、俱乐部、杂货店、电

商铺招牌都是中英文书写

商场里堆满来自中国的货物

回国礼品中心

阿什菲尔德“夜上海”、“新上海”的餐馆招牌比比皆是

阿什菲尔德的火车站

在阿什菲尔德居然也有“小灵通”广告

悉尼的“火车”可以说是电气列车或者轻轨

器商店、水果超市、房屋中介公司等等，应有尽有，而且几乎都是中英文招牌，表明是华人开设的。

我还见到一群群穿校服的中小学生。据告，阿什菲尔德有 11 所小学，21 所托儿所、幼儿园，还有好几所中学。

轿车停在阿什菲尔德中心的“蟹王屋”餐馆前，当地朋友请我在这里就餐。

步入“蟹王屋”，满眼是上海菜的广告，仿佛这里不是澳大利亚，而是上海的一家餐馆。我们一行八人，包了一张圆桌。这里都是上海菜，上海点心。不论是南翔的小笼包子，还是上海春卷，全是上海风味。

朋友们告诉我，阿什菲尔德不光是有上海菜馆，不论你要吃四川火锅、湘菜、粤菜还是东北菜，这里都有。在这里的超市，可以买到绍兴腐乳、乌江榨菜、湖南辣酱、上海小磨麻油……

中午，在阿什菲尔德中餐馆“蟹王屋”

冯博士和他的“紫竹斋”

作者夫妇在冯博士家中做客。左起为何与怀、冯崇义、作者夫妇

在“蟹王屋”就餐的时候，朋友们把冯崇义博士请来了。

冯博士是悉尼理工大学国际研究学院中国部主任。我应邀在悉尼理工大学做讲座，由他主持。

冯博士也住在阿什菲尔德。接到电话，冯崇义博士从家步行到“蟹王屋”。虽说是初次见面，由于彼此有着许多共同的话题，一见如故。

我的讲座定在下午2时半至5时在悉尼理工大学举行。吃完中饭，我的行李还在车上，已经来不及前往宾馆了。随着冯博士，穿过阿什菲尔德的小路，前往他家。

离开了阿什菲尔德的商业大街，出现在眼前的是完全不同的另一番景象。这里是宁静的住宅区。马路两侧，一片又一片葱绿的草地，草地之后则是一幢幢赭红色的砖砌平房或者两层小楼。马路上偶然有一辆轿车驶过。

随着阿什菲尔德日益繁荣，迁往这里的居民日益增多，这里的房价也就连年攀升。从1994年起，阿什菲尔德的房价每年递增7.4%。

冯博士带领我走进一幢平房，这便是他的家。家的前面是一片草地，后面是一个小院，院子里摆放着诸多健身器材。冯博士看上去是文弱书生，却热衷于健身运动。

冯博士领着我参观他的寓所。这幢属于别墅式的房子，有好几间卧室和两个卫生间。一个“L”形的大客厅，包围着开放式的厨房。客厅里铺着光亮平整的地板。通常，澳大利亚居民家中跟美国人家中一样，铺着地毯，而冯博士保持上海人的习惯，铺着深咖啡色油漆地板。令我吃惊的是，这地板居然是冯博士自己动手铺成的，其工艺水平绝不亚于专业的木工。

作者夫妇与冯崇义博士（左）在“紫竹斋”

冯博士的书房“紫竹斋”

我夸冯博士是“文武全才”。他苦笑道，他的手艺来自“文革”岁月，当年他在中国大陆作为知识分子接受“再教育”，也就学会了木工手艺。想不到，居然在澳大利亚安家时派上用场。他的做菜手艺也不错。

客厅的一侧，是一个铁炉，上面有着高高的铁烟囱。冯博士告诉我，在悉尼用不着安装冷空调，这里的夏天仍要盖被子睡觉。在冬天最冷的日子，就在铁炉里烧木柴，整个房子就暖洋洋了。

他告诉我，地板下有着一米多的空间。房子是“架空”的，所以冬暖夏凉。另外，这里的墙大都是双层的，中间是空的，隔热功能也很好。

冯博士领我走进他的书房，四壁从头到脚被书占领，中文、英文的图书琳琅满目，桌子上安放着电脑，这是冯博士潜心研究学问的地方。这里的一切，才显示了他的本色。他的书房名曰“紫竹斋”。由于是平房，在书房顶部开了一个四方的天窗，阳光直接照射到他的书桌上。

他写了好多著作，在香港出版。秀才的人情就是书。我与他交换了彼此的著作。

他的家中充满书卷气。客厅的墙上挂着中国字、画。在客厅最醒目的位置，挂着一幅油画，那是冯博士的掌上明珠——宝贝女儿的肖像画。最令冯博士感到骄傲的是，墙上挂着的女儿作文获奖的奖状，似乎比他的博士论文还重要。

我在冯博士家用毛巾擦了一把汗，系上一条领带，就上了冯博士的车，因为离讲座开始的时间只有一个小时了。

真可谓马不停蹄，刚刚乘坐了10小时夜班飞机的我，还未歇一口气，马上要开始讲课了。

在悉尼理工大学演讲

远远的就看到瘦瘦的长方形大楼，楼顶镶着“UTS”三个白色的字母

冯博士坐在车右的驾驶位上，我则坐在他的左边椅子上。轿车离开阿什菲尔德向东行进。轿车驶入伊丽莎白大街，远远的就见到一座深褐色的瘦瘦的长方形大楼，楼顶镶着“UTS”三个白色的字母。

冯博士是一个喜欢开玩笑的人。他告诉我，那便是悉尼理工大学的主楼，也是悉尼最难看的一座大楼。

“UTS”，也就是“University of Technology, Sydney”（悉尼理工大学）的缩写。

悉尼理工大学是澳大利亚最大和最有声誉的大学之一，建于 1965 年，就读的学生超过 27000 人，其中有 3000 多人是来自 70 多个国家的海外学生。中国留学生是悉尼理工大学海外学生的“主力”。

悉尼理工大学的规模颇大，总共有九大学院，即商学院、设计建筑学院、教育学院、工学院、人文社会学院、法学院、数学和计算机学院、护理学院、理学院。

悉尼理工大学分为三个校区：以那座深褐色的长方形大楼为中心，形成悉尼理工大学的主校区。此外，在悉尼市中心以北 15 公里处，有 Kuring-gai 校区；在悉尼市中心以北 7 公里处，还 St. Leonards 校区。

在世界最优秀 200 所大学之中，2005 年悉尼理工大学排名第 87 位。

不过，我并不太关心这种大学的排名表，使我发生兴趣的是这所大学在国际舞台上活跃的“侧影”：

悉尼理工大学的机器人足球队赢得 2004 年国际机器人足球公开赛的冠军；

作者在悉尼理工大学

悉尼理工大学主校区

作者夫妇在悉尼理工大学国际研究院中国部

悉尼理工大学的IT学院由于成功帮助《指环王》、《骇客帝国》等欧美大片做后期电脑动画，引起广泛关注。

当然，我也关注这所大学每年的学费——

本科生学费：9,000~20,400澳元；

研究生学费：9,000~25,000澳元。

另外，学生的食宿费大约为10,000澳元。

自从认识了悉尼理工大学主校区那座标志性高楼——也就是冯博士所说的“悉尼最难看的一座大楼”，我每一回从阿什菲尔德前往市区，都要从这座高楼跟前经过。我发现，悉尼理工大学主校区的地理位置非常优越：毗邻中央火车站和唐人街，步行十几分钟，便可到达悉尼热闹非凡的情人港。

冯博士把轿车驶入悉尼理工大学主校区里一个独立的小院。一进小院，就见到几幢古色古香的两层楼房。楼房是用青砖与红砖镶嵌而成，房顶和所有窗户的顶部，都是尖桃形的。冯博士所主持的国际研究院中国部，就在其中一幢大楼内。他带领着我步入大楼，我的讲座就在底层的大厅里举行。

由于事先在悉尼的华文报纸上刊登了我的讲座消息，已经有五六十人从悉尼各方赶来，聚在大厅里。虽说在悉尼无人不知悉尼理工大学，但是由于冯博士的中国部所在的独立小院，处于悉尼理工大学偏僻的一角，据说许多人找不到这个小院，只好打道回府。

我看了一下，听众以中年人为主，也有年轻人与老年人。其中也有“老外”。

离讲座开始的时间还有二十来分钟，我跟听众打招呼，交谈着。其中有北京大学中文系的毕业生，也有上海复旦大学新闻系的毕业生，还有几位是当地的华文作家，也有几位“老外”在座，他们是研究中国问题的专家。令我惊讶的是，其中一位“老外”竟然是中医！

我的讲座的题目是《追寻历史真相——关于中国的"文革"》。面对不同层次的听众，我跟冯博士商量，避免过多的学术性，像聊天一般尽量生动，充满细节与花絮。

我事先在上海制作了一张讲座用的光盘。插进讲台上的手提电脑，一切顺利，图像立即显示在背景屏幕上。我放心了。因为我喜欢一边演讲，一边放映图片，这样"图文并茂"，效果会更好。

时间到了，讲座准时开始。冯博士讲了开场白之后，我就正式开始讲座。很快地，在听众中连连爆发笑声，我意识到，这样的聊天式的演讲，能够引起听众的兴趣。

整个讲座时间是两个半小时。我花一小时半作正题演讲。然后，留一小时让听众现场提问，以求与听众互动。

听众的提问非常踊跃，问题五花八门，涉及中国政治的方方面面，也有的问题相当尖锐。我逐一答复，尽可能给予详细的回答。

很快地，一个小时过去，仍有不少听众要求提问。冯博士宣布，已经到了下午 5 时，结束了这次讲座。

结束之后，有的听众跟我个别交谈着。我发现，他们虽然身在海外，仍非常关注祖国的命运，关注祖国的过去、现在与未来，这很使我感动。

讲座由冯博士（右二）主持

作者在悉尼理工大学与听众交流

作者在悉尼理工大学边演讲边放图片

特殊的移民

在悉尼理工大学与刘涌康教授（右）相见，格外惊喜

在悉尼理工大学诸多听众之中，我发现一张熟悉的面孔。当他站起来向我伸手的时候，我惊喜地喊道："刘教授，你怎么在这里？"

刘教授，原上海交通大学刘涌康教授，我和他在上海就认识。真是他乡遇故知，我们在悉尼相见，格外亲切。

我问刘教授，是到澳大利亚旅游还是讲学？

他的回答使我十分惊奇："移民！"

我又问："你的太太呢？"

他答道："她跟我一起移民。"

我再问："孩子们呢？"

他答道："都在这里。我们全家都在澳大利亚。孩子们都在这里工作了。"

在上海，刘涌康教授家离我家不远。我曾经多次访问他的家，采访过他，也采访过他的太太。

刘涌康教授的家庭，是一个特殊的家庭，因为他的太太是苏联人（也就是如今的俄罗斯人）。在今日的上海，异国婚姻比比皆是，然而在20世纪50年代，这样的异国家庭在上海如同稀有元素。据说，在"文革"前，偌大的上海只有四户这样的"中苏家庭"。

一天夜晚，我到刘涌康教授的上海家中拜访。他的家庭摆设很有意思：中式家具和苏联的电唱机、电冰箱放在一起，中文书籍和俄文版书籍放在一起。

他的太太个子比中国妇女稍高，显得很胖，一头浅黄色头发，棕黄色的眼珠儿，上穿紫色对襟毛线衣，头戴紫色毛线帽，下穿黑色棉裤——虽然已是阳春三月，上海不算太冷了，她仍是一身冬装。

刘涌康教授与他的俄罗斯夫人刘达

刘教授告诉我："她的俄文名字叫'刘达米拉·葛丽戈拉叶芙娜·凡尔法拉米叶娃'，中文名字叫'刘达'。'刘达'这名字，是根据俄文音译的。很巧，我姓刘，就译成'刘达'。户口簿、工作证上，都写着'刘达'。在家里，我也喊她'刘达'。"

我用普通话跟刘达打招呼。不料，她摇摇头，用上海话对我说："我听不懂中国普通话。请你跟我讲上海话！"

她的上海话，讲的还不错呢。我用上海话跟她交谈，她听懂了。谈到一些比较复杂的问题，她改讲俄语，由她的丈夫翻译。

他们有一子一女。女儿刘聆，一头金发，一副宽镜片眼镜，穿鲜红色滑雪衫，显得文静、秀丽，外貌像俄罗斯人。她能讲一口纯正、流利的上海话，普通话讲得也不错。儿子叫刘新中，虽然棕黄色的头发、高挑的鼻梁像俄罗斯人，但整个外貌像中国孩子。

在刘教授家里，他们的"普通话"是俄语。看中国电视的时候，儿女都能看懂，刘达则要丈夫充当现场翻译。她很喜欢看电视连续剧《四世同堂》，从头看到底，忙坏了丈夫，每天晚上为她翻译。有时，漏译了几句，她马上就会提醒丈夫："刚才那句话是什么意思？"如果丈夫出差或者工作太忙，她就叫儿子当翻译。女儿没耐心，不大高兴做这种"现场翻译"工作。

她操持家务。每天早上，她到菜场买菜。她用酱油、黄酒、醋之类的中国调味品，做出颇具俄罗斯风味的"苏式中国菜"。她保持俄罗斯人的习惯，爱吃蒜、大葱、洋葱，就连炒青菜也要放蒜。不过，就主食而言，家中分为两大派：她和儿子属"俄罗斯派"，爱吃面包、面条之类的主食，而丈夫和女儿属"中国派"，喜欢吃米饭。

这个"中苏之家"，融洽，和睦，幸福。我和这一对特殊的夫妻长谈着……

刘教授告诉我，他和刘达是1959年6月12日在苏联黑海之滨的小城赫尔松结婚的。

他，1930年10月10日出生于上海。他有一个哥哥，四个弟弟，一个妹妹——同胞七个全是大学生。

他在1947年考入同济大学造船系，1952年毕业，随即考取留苏预备生。到北京进修俄语之后，他于1955年来到苏联列宁格勒造船学院学习船厂管理专业。

列宁格勒在苏联北方。她呢？在苏联南方的赫尔松，那里有30万人口，离罗马尼亚不远。

列宁格勒跟赫尔松之间，相当于北京和上海那样远隔千里。本来，一个在列宁格勒，一个在赫尔松，无缘见面，他们俩怎么会相爱呢？

海为媒，船牵线，“有缘千里来相会”。那是在1958年，因为赫尔松紧靠黑海，因为赫尔松有造船厂，刘涌康被列宁格勒造船学院派到赫尔松102造船厂实习。

车间里太吵，宿舍里太闹，刘涌康发觉工人俱乐部倒挺安静，就常常到那儿绘图、看书。

管理俱乐部的，是一位瘦瘦的苏联姑娘，在“布拉吉”（连衣裙）外边总是套着一件蓝灰色的长褂——工作服。她那一双明亮的大眼睛，好奇地注意起这个勤奋的“外国人”。

没几天，他们就熟识了。她常常向他问起那友好的邻邦——中国。她把一只和平鸽纪念章送给他。她就是刘达。

她是第五车间仓库的配套员——负责各种船用零件配套。她又是车间团支部的宣教委员，兼管俱乐部。到那里实习的，总共有八个中国留学生。星期天，留学生们去参观水电站，刘涌康曾去过那里，这次就没有去参观水电站，独自留了下来。

刘达遇上了他，见他没有出去参观，说道：“上我家去玩，好吗？”

他答应了。他想，拒绝一位苏联朋友的友好邀请是不礼貌的，虽然她是一位姑娘。

刘达和他一起走出工厂大门。工厂在市郊。他们朝市区走去。她的母亲见到中国客人，非常高兴，热情招待他在家里吃晚饭。他谈起中国的风土人情，上海的生活习惯，使她们感到十分新奇。

夜深了，他起身告辞。刘达送他出门，临别的时候，刘达在他的脸上轻轻地吻了一下。

回厂的路上，他觉得脸上一直热辣辣的。他虽然已经28岁了，但忙于求学，加之身处异国，很难考虑个人的终身大事。何况他认识刘达不过十多天，压根儿就没想到这位苏联姑娘会爱上他。但是，那浓情的一吻，使他意识到，苏联姑娘射来了爱神之箭。

他有点不知所措了。回厂后，他当即向在一起实习的中国留学生、党支部委员作了汇报。得到的答复是：“不反对中苏通婚。不过，你们相识不久，要慎重考虑。”

他仔细考虑着组织上的意见。

一个月的实习，飞似的过去了。他不得不告别赫尔松，告别刘达，途经莫斯科，回到遥远的列宁格勒。

鸿雁传书，他们在信中倾诉着彼此的思念之情……

他的留学生涯，眼看着只剩下几个月了——完成论文答辩之后，他即将在 1959 年 3 月毕业。

3 月，她从赫尔松千里迢迢来到列宁格勒。他对她，她对他，彼此都觉得满意：他诚恳，她爽朗，都年轻，都有一颗火热的心。丘比特把分属两个国家、两个民族的年轻人融为一体。

领取结婚证书后，刘达的母亲对中国女婿说出一番心里话：刘达的父亲是个苏联工人。他们结婚以后，他考上列宁格勒的大学。她省吃俭用，以自己的工资供他上大学。可是，他大学毕业后，不辞而别，抛弃了她和孩子。她只得带着刘达的哥哥和刘达回到赫尔松……她希望女儿的一生比她幸福。她知道刘涌康是一个诚实、忠厚的中国人，觉得很放心。尽管她的亲戚中有人曾反对这门亲事，认为刘涌康是个外国人，说不定一回中国就会变心，会使刘达重蹈她的覆辙。但是她不相信。她爱女儿，也爱中国女婿，因为中国女婿举止稳重，言谈朴实。她信任刘涌康，答应把自己唯一的女儿远嫁中国。虽然她靠退休工资生活，并不宽裕……

苏联母亲的一片赤诚之心，使刘涌康备受感动。她是一个普通的苏联工人，她对中国人如此友好，如此信赖，这种情谊是从心间流出的潺潺甘泉，那般清冽，那般纯净……

刘涌康回到了故乡上海。就在他办理刘达来华手续的时候，由于众所周知的原因，中、苏两个巨人之间产生了裂痕。裂痕迅速扩大为裂缝，裂缝扩大为鸿沟。昔日友好之邦，一下子彼此反目——历史的转折点，就在刘涌康和刘达结婚那年月。他与她结为百年之好，他的祖国与她的祖国却在那时松开了友谊之手。

刘达的来华申请，迟迟没有批下来。刘涌康着急，刘达更着急。有人对刘达的母亲说："你的中国女婿变心了！"

刘达的母亲不相信，刘达更不相信。刘涌康回国快一年了——1960 年 5 月，刘达的来华手续终于办妥。刘达独自一人，要从欧洲东部的赫尔松，来到中国东部的上海。好多人替刘达担心。刘达的母亲却坦然地把女儿送上奔赴中国的道路。苏联母亲坚信，中国女婿会尽心尽力地照料好刘达的。坐了十来天的火车，刘达不远万里，来到中国最大的城市——上海。

火车刚刚停靠在上海北站的月台上，刘达就看见他奔了过来。他的身后站着一位中国老大娘，手里捧着一束鲜花。她就是刘达的婆婆。

变了，变了，刘达这才意识到自己周围的环境完全变了：来来去去的，全是黑头发、黑眼珠儿、黄皮肤的人，满口"阿拉、侬"，她一句也听不懂，仿佛成了聋子。

打开书报，那一个个四四方方的字，她全不认识，成了“文盲”。吃饭的时候，她不会用那两根细细的竹棒夹菜。至于那黑褐色的液体——酱油，看上去挺吓人的，可是倒进锅里炒出来的菜却那样甜美……

她开始学习中国的一切，包括说上海话，吃中国菜。

1961年，她怀孕了。5月，她回到赫尔松。9月，在那里生下了女儿刘聆。女儿在苏联出生，就成了苏联的小公民。翌年初，她带着小女儿回到上海，乐坏了婆婆和丈夫。

1965年，她回苏联探亲。探亲假期一满，她仍旧回到中国她丈夫的身边。

就在她返回中国不久，令人难以理解的事情——“文化大革命”在中国发生了。

中苏关系濒临完全破裂的地步，两国接壤的地方甚至响起了枪声。

她思念着自己的母亲，但是，她已无法回国探望。她也很少上街，终日闭户不出。好在她毕竟是苏联国籍的侨民。“红卫兵”也知道不能随便对她采取“革命行动”。他们只能把她的丈夫当出气筒，对她不敢怎么样。学校里不开俄语课了，她整天闷在家中。

由于心境不好，她的脾气变得急躁起来。他体谅妻子的处境，总是耐着性子安慰她，从不跟她计较。一直到1976年“文化大革命”结束，她和他才长长地舒了一口气。

从那以后，她和他的处境，用一句中国歇后语来形容，那就是“芝麻开花——节节高”。

1977年，在停止生育十六年之后，她和他决定添个孩子——生下了儿子刘新中。他给儿子取名“新中”，为的是庆贺中国面目一新。

1978年，她和他迎来乔迁之喜，搬进上海新建的高层住宅。在当时，能够分配到那样的新房子，真不容易呵。

中苏之间的坚冰渐渐融化。她的母亲已经年高体衰。从1965年之后，她就没有见过女儿和女婿。彼此间只能在信上互诉骨肉情，在梦中相见。关山阻隔，各在天一方。1983年，她和他终于获得中苏两国政府的批准，带着六岁的儿子，前往苏联探亲。

刘涌康教授告诉我，在苏联解体之后，他曾经带着全家，到了俄罗斯。作为俄罗斯的女婿，刘涌康教授想在俄罗斯开创一片新天地。

然而，他们一家在俄罗斯的生活并不如意。在刘教授看来，俄罗斯不适合于他。

就在这时，南半球的澳大利亚吸引了他。于是，刘教授带领全家，移民到澳大利亚。

如今，刘教授一家定居在悉尼。已经77岁的他，身体不错。我祝福他的一家在澳大利亚生活美满。

周先生的创业故事

周荣峪先生设晚宴为作者夫妇洗尘

结束了悉尼理工大学的讲座，当我重新坐上冯博士的轿车，晚霞已经染红了悉尼的天空。初秋的悉尼，比初夏的上海要天黑得早。

伊丽莎白大街华灯初上。轿车西行，依然回到阿什菲尔德。

当晚，“夜上海”餐馆的老板周荣峪先生设晚宴为我洗尘。周荣峪先生说，“夜上海”那里顾客太多，有点嘈杂，他在他的另一家餐馆——“真味咖啡酒店”宴请。这家餐馆也在阿什菲尔德，离“夜上海”不远。

这家餐馆的店面有200平方米左右。我们一行十人，围坐在一张长方桌四周。晚宴新增的客人有两位，即澳大利亚华人团体联合会副会长翟晓华先生（会长陆峰先生因在中国访问，未能参加）、《星岛日报》记者钟亚章先生。

晚宴是海鲜宴，非常丰盛。主菜是三公斤的大龙虾，还有左口鱼、大花蟹、生蚝和鲜虾。周先生说，悉尼的海鲜又干净又新鲜，尤其是大龙虾，是这里的特产。上海餐馆里的大龙虾，很多是从这里空运去的。

一边吃，一边聊。我问起周先生，“真味咖啡酒店”的店面是租的还是买的？想不到这一句话，引发周先生一席话，说起了自己在澳大利亚的创业故事。

他指着店面说：“这是我三年前买的。当时的价格是五十万澳元。我买下才三个月，那家中介公司就来找我，问我能不能以七十万澳元的价格出让，因为有人看中这一店铺。尽管我可以净赚二十万澳元，但是我不干。我买下这家店铺，就是为了扩大我的生意，何必让给别人？没想到，如今这店面的价格已经涨到一百二十万澳元！”

周先生说，他买下这铺面之后，进行了装修。由于这是老房子，装修之前必须经过政府部门批准。澳大利亚非常重视保护历史性建筑。装修的时候，只能装修商铺内部，不许改变外部的面貌。

周先生在上海的时候，其实从未开过饭店。二十年前来到澳大利亚的时候，靠着打工艰难地维持生活。积蓄了一些钱之后，开始做小生意，慢慢做大。当他准备开餐馆的时候，花费了一个月的时间，吃遍了附近各种各样的餐馆，从中体会每家餐馆的特色和优点，这才决定把自己的餐馆开成什么样的。

我笑道："这叫从战争中学习战争。"

周先生也哈哈大笑起来。

周先生说，在澳大利亚创业的最大体会，那就是要勤劳。勤劳才能致富。他现在每天只睡四五个小时。他从进货开始，一环又一环，都亲自去做，亲自过问。澳大利亚的西餐馆周日或周一关门休息，而他的中餐馆是一年到头不休息的。

周先生说，餐馆一定要办出特色来。阿什菲尔德一带，上海人居多。他开办"夜上海"餐馆，以上海菜为特色，一下子就吸引了四周的顾客。正因为这样，"夜上海"的生意兴隆，一年到头，总是顾客盈门。后来，"夜上海"的名声远播，不少并不住在阿什菲尔德的人也慕名前来品尝。

"夜上海"成功之后，积累了资金，他又进一步开办这家"真味咖啡酒店"。澳大利亚人喜欢喝咖啡，也喜欢喝酒，到处可见酒吧和咖啡吧，所以他的这家新餐馆以"咖啡酒店"为特色，集酒吧和咖啡吧于一身。当然，除了咖啡与酒之外，这里也供应各种菜馔。

周先生拿出葡萄酒招待我们。他说，澳大利亚的葡萄酒，品质也格外地好。

他一边给客人们斟酒，一边说起了关于"酒牌"的故事。

他告诉我，澳大利亚的餐馆分为有酒牌和无酒牌两种。无酒牌的餐馆，一般在进门处有"BYO"的标志（即 Bring Your Own），意思是可以带自己的酒饮用；有酒牌的餐馆英文是"Licenced Restaurant"，在这样的餐馆里，只能在里面买酒，不能自带。

他的"真味咖啡酒店"属于有酒牌的餐馆。他花费几千澳元，申请了酒牌。

其实，申请酒牌，不光是要花费一笔申请费，更重要的是要学习和接受相关的规定。澳大利亚人喜欢喝酒，澳大利亚政府对于酒的供应作了严格的规定：所有含酒精的饮品，一律只能在酒类专卖店出售，因为酒类专卖店是经过严格审查的。另外，酒类的税收要比日用品高，所以政府部门对酒类采取专项管理。

在澳大利亚的超市和百货公司是买不到任何酒的。只有持有政府酒牌的餐馆、酒吧才允许出售酒类产品，但酒吧、餐馆里的酒的售价要比专卖店贵很多，因很多酒是已经调制好的。正因为这样，申请了酒牌，会给餐馆带来更大的利润。但是，申请酒牌之后，餐馆必须严格按照政府对酒的管理办事。比如，政府规定，不许把酒卖给18岁以下的未成年人。倘若违规，将遭到严厉的罚款。

周先生说，澳大利亚人喜欢喝啤酒和葡萄酒，很少有人喝白酒。

跟周先生一边吃一边聊，使我对澳大利亚有了许多新鲜的了解。

晚宴上的大龙虾，是澳大利亚的特产

在晚宴的时候，我的行李还一直放在王亚法先生的车上。吃过晚饭，才终于可以到住处休息。

王亚法先生原本安排我和妻住在阿什菲尔德一位朋友家，以为住在友人家比住宾馆更加宽敞、舒服些。我正准备把行李搬上那位朋友的轿车，很快有人悄然提醒我，那位朋友家虽然居住条件很不错，不过，她有点特殊的政治背景。于是，我和妻向她表示谢意，决定还是住在阿什菲尔德的一家三星级宾馆。

办理好宾馆的入住手续，已经是夜9时。打开箱子，拿出生活用品，洗了澡，感到一身轻松。我发现，宾馆里的热水龙头安装了即热式电热器，所以一开龙头，热水随即喷涌而出。这种即热式电热器在澳大利亚已经相当普遍，使用非常方便。

澳大利亚的宾馆没有拖鞋，也没有供应牙刷、牙膏，幸亏我们事先听说了，从上海带来了拖鞋和牙具。

客房里有小冰箱、空调。虽说这里的自来水可以直接饮用，我毕竟喝惯了开水，便用客房里的电热水杯烧开水，泡了一杯热茶。

由于这次在澳大利亚要去三个城市，需要不断搬迁，为了“轻装”，我没有带手提电脑。在灯下，我记好当天的笔记，已经是夜十一时半了。

我试着开门，感受一下澳大利亚的夜色，一股清冷的空气便扑面而来。这里的温差颇大，难怪当地的朋友告诉我，在这里一年到头盖鸭绒被。

从昨天傍晚离家踏上澳大利亚之旅，我连轴转。大约由于太累的缘故，我的脑袋刚刚碰上枕头，就进入梦乡了。

南半球的纽约

悉尼宾馆的规矩

作者在阿什菲尔德所住的宾馆前

第二天早上七时，倘若不是响起了敲门声，我还会睡下去。

我掀起窗帘的一角，见一片金色的朝阳下，站着一位小伙子。我认出来了。我昨天办理入住手续，就是他接待的。他朝房门下方指了指，就走开了。

我赶紧俯身下去，拾起房门下的一张纸条。原来，王亚法先生早在六时半就来过了。他在纸条上留言，起床之后不要外出，上午 8 时，他会来接我们的。

悉尼与上海时差 2 小时。睡了一觉之后，我就顺利地倒了时差。跟夜里一样，悉尼的清早依然清凉，我在长袖衬衫之外，套了一件两用衫。

下楼时，我见到宾馆停车场里的汽车都蒙了一层露水。

后来，我渐渐摸清这里气候的规律，即一日之中有四季：上午与傍晚，算是春、秋季；中午与下午很热，相当于夏季；至于下半夜以及清晨，则相当于冬季。

不过，“老外”们对于寒冷的抵抗力要比我们高，他们即便在清早，往往也只是穿 T 恤而已，有的甚至只穿短裤、短裙。有的怕冷的华人，则穿上滑雪衫。于是，便形成了“悉尼街头乱穿衣”的一道特殊的风景线。

我的床头柜上，就放着电话。我不明白，那位小伙子干吗不打个电话给我，用得着前来敲门？

小伙子告诉我，只有办理了电话开通手续，客房里的电话才开通。

我按照规定，付了20澳元的押金，从此外面的电话可以打进来，我也可以打电话给朋友。不过，这里的电话费颇贵，往外打一个电话，两三分钟而已，电话费便是将近三澳元。

就这样，我跟小伙子结识了。

他告诉我，姓徐，来自北京，在这里打工，负责管理整个宾馆。

小徐说，在宾馆打工有个好处，宾馆免费提供住处。这样，他就住在二楼转角的一个房间里。在宾馆做管理工作，活儿不重，但是每天的工作时间很长，他总得在宾馆里呆着，因为随时都会有客人上门，或者有客人退房。澳大利亚由于人工很贵，所以工作人员非常精简。这么一家拥有四五十间客房的宾馆，就他一个人掌管。他每周休息两天，有一位在大学里读博士学位的学生前来打工，顶替他。另外，还有人打工值夜班。

我问他，房间谁打扫？

他说，有一位女工，负责打扫。不过，这里房间，平日由客人自己负责打扫。只有客人离开的时候，女工才来打扫，更换被单、枕套。如果每个房间都天天打扫，女工忙不过来。

小徐告诉我，这里的房费以住一天最贵，住两天稍贵，住三天以及三天以上是统一价。比如，住一天的标准房房价是92澳元，住两天的每天标准房房价是85澳元，住三天起每天标准房房价则降为48澳元。

为什么会有这样的差别呢？原因就在于你只住一天，女工的清扫频率就是一天一次；你住两天，女工的清扫频率就是两天一次；把清扫的人工费折算到房价之中，房价当然就高了。另外，这样的规定也就鼓励旅客在同一家宾馆多住几天。

我问起宾馆的生意如何？

小徐的回答出乎我的意料：几乎天天爆满！倘若不是事先预订，往往还住不进来。

其中的原因是这家宾馆交通极其方便，门口就是公共汽车站，可以直达市中心，这里离阿什菲尔德火车站也不远，再说宾馆处于“小上海”之中，生活很方便。宾馆是由华人管理，华人喜欢来此住宿。另外，宾馆有很大的停车场，自驾车的游客当然喜欢这里。

作者与来自北京的管理员小徐在宾馆前合影

小徐还告诉我，有人长期包租这家宾馆的房间，有的已经连续租了三个多月，租金是由政府代交。这些人并不是在这里办公，他们是悉尼的普通的家庭。

这是一些什么人呢？

原来，澳大利亚是高福利的国家，低收入者可申请公房。他们住的公房，由政府免费定期置换地毯，进行装修。在装修期间，如果找不到合适的临时过渡房屋，他们就住进宾馆，而房租由政府支出。

小徐还说，澳大利亚政府对于单身母亲给予特别的照顾。那些离婚而带着子女、收入有限的单身母亲，可以优先申请公房。如果一下子没有申请到公房，也可以住进宾馆等待，房租同样由政府支付。

我问起澳大利亚的宾馆是否安全？

小徐回答说，不光是澳大利亚的宾馆安全，整个澳大利亚社会也很安全。小偷小摸虽然也有，但是极少。在街上，乞丐也几乎见不到。

离上午8时还有一会儿，按照小徐的指点，从宾馆旁边的一条小马路拐个弯，我和妻就到了附近的一个公园。

清晨的公园，青草挂着晶莹的露水。一棵棵巨树间，弥漫着粥一样的雾气。偶而可以见到一两位“老外”在晨跑。他们非常注重锻炼身体，后来我在澳大利亚的海滨、湖边、树林、草坪，常常看见在跑步的人们。

从小马路回来的时候，看见街道的斜对面有一座中国式的寺院，院前有一座不高的石塔。我和妻穿过街道细看，见寺上高悬“黄大仙祠”金字横匾。记得，我在香港见到规模颇大的“黄大仙祠”。如今，这“黄大仙祠”成了阿什菲尔德的代表性的中国式建筑。只有那么多华人聚居于此，才会建造这样的“黄大仙祠”。

阿什菲尔德甚至还有“黄大仙祠”

标志性建筑——悉尼歌剧院

作家王亚法先生一早就来接作者夫妇

上午8时，一辆紫红色的轿车驶进了宾馆。我认得，那是王亚法的轿车。我和妻上了他的车。他说，第一目标，就是悉尼歌剧院（Sydney Opera House）。

确实，凡是新来悉尼的人，第一愿望就是一睹悉尼歌剧院的丰采。

就像天安门城楼成为北京的象征，艾菲尔铁塔成为巴黎的象征，自由女神塑像成为纽约的象征，克里姆林宫成为莫斯科的象征，那像朵白莲花似的悉尼歌剧院成为悉尼的象征，甚至成为澳大利亚的象征。

在画册上，在电视里，在电影里，曾经多少次见到悉尼歌剧院美丽的倩影，今日终于可以亲眼一见了。

王亚法已经是悉尼的"老土地"了，他并不驾车直奔悉尼歌剧院，而是绕了一个圈子，来到北悉尼。轿车停在北悉尼草坪旁的一条马路边。那时候，还不到上午九时，这条马路上还只停着两三辆轿车。

下车之后，王亚法领着我们走上一个高坡。就在这时，我见到树丛的空隙里透出一大片蓝色的波光。再抬头一瞧，远处就是日思夜想的悉尼歌剧院！

我们来到这里的时候，可谓最佳摄影时间——顺光。朝阳把一片金色的光芒，投射在雪白的悉尼歌剧院。在碧海蓝天的衬托之下，悉尼歌剧院宛如玉雕。那十片尖尖的弧形屋顶，如风帆，若蚌壳，似花瓣，在阳光下熠熠生辉。

展现在我的眼前的湛蓝色的海湾，便是杰克逊湾，宽达25公里。整个杰克逊湾像一块硕大无朋的玻璃，擦得一尘不染。杰克逊湾之外，便是南太平洋的塔斯曼海。杰克逊湾是一个难得的天然良港。当年英国库克船长就是率领船队从南太平洋进入这块

港湾大桥也是悉尼著名景点

宝地,叩开了悉尼的大门。

我站在北悉尼,遥望对岸,悉尼市区仿佛如同一只张开五指的手,伸进杰克逊湾。这五个浸在碧波中的手指,自西向东,依次为孔雀角、戴维斯角、班内龙角、麦夸里夫人角和博茨角。其中的中指是班内龙角,而悉尼歌剧院恰恰建在班内龙角这中指的指甲盖上,三面环海,显得非常突出。

倘若说悉尼歌剧院是主角的话,在杰克逊湾还有一个重要的配角——悉尼港湾大桥。这座深色的拱形钢架大桥,巍然飞架于银海之上,连通着南悉尼与北悉尼。港湾大桥与悉尼歌剧院黑白相衬,相得益彰。

面对如此美景,我的两架数码相机轮番上阵,左右开弓,从各个不同的角度拍摄悉尼歌剧院,一口气拍了几十张照片。悉尼歌剧院如同一位静静坐在海边的美丽少女,不论从什么角度拍摄,都是一幅佳作。

我在澳大利亚拍摄了众多照片,唯独带有悉尼歌剧院的照片不必说明这是在澳大利亚拍摄的,因为一看照片上有悉尼歌剧院那独特的造型,谁都会明白,那是澳大利亚,那是悉尼。

当我收好相机,走下高坡,回到那条马路的时候,发现停在路边的汽车已经成了一条长龙,其中有好几辆是旅游团的大巴士。这表明此处不愧为观赏悉尼歌剧院的最佳景点,难怪引来如此众多的游客。

从阿什菲尔德前往悉尼歌剧院非常便捷,乘坐火车就可以直达那里。此后,我一次又一次与妻一起,来到悉尼歌剧院,从东边,从西边,从桥上,从轮船上,欣赏这座世界建筑史上的杰作,真可谓百看不厌,因为从任何不同的角度观看悉尼歌剧院,她的形象都是不同的。

我们还拾级而上,走到悉尼歌剧院,细细观赏。悉尼歌剧院的主体建筑分为三部分:音乐厅、歌剧厅和餐厅。音乐厅和歌剧厅分别由四个巨大的贝壳顶组成,餐厅由两片组成。其中歌剧院可容纳 7000 人。

不论是音乐厅,还是歌剧厅,其音响设计都是第一流的。就连每一张座椅,都精心打造，做到观众从坐下去或者站起来的时候，椅子都不会发出声响。

然而，悉尼歌剧院之所以成为悉尼的标志性建筑，并不在于她的内部结构，而在于那十片大小不同的贝壳顶。其实，这十片贝壳顶，完全是装饰性的，与悉尼歌剧院本身的视觉、听觉功能无关。倘若把这十片贝壳顶去掉，呈现在人们面前的是三个长方形的房子，尽管就歌剧院、音乐厅与餐厅的功能而言毫无损失，但是谁都不会给这三个长方形的房子一句赞美词。

从正面看悉尼歌剧院

我走近那一个个“贝壳”，发觉也就是在钢筋水泥上，粘了一块块白色的瓷砖而已。据统计，这十片“贝壳”总共用了105万块乳白色的瑞典瓷砖。

瓷砖只是普通的瓷砖，钢筋只是普通的钢筋，水泥只是普通的水泥，为什么由这些普通瓷砖、钢筋、水泥组合而成的十片“贝壳”，成了闻名世界的建筑，成为澳大利亚的标志？

悉尼歌剧院“蚌壳”上的瑞典白瓷砖

建筑物的灵魂，是设计。建筑物最富有创意的核心，是设计师。所谓“独运匠心”，悉尼歌剧院正是建筑师独特“匠心”的结晶。

悉尼歌剧院的设计师，是丹麦建筑设计师约恩·马特松。

1956年，当悉尼歌剧院准备筹建的时候，向全世界征集建筑方案。当时，三十个国家的建筑师，送来了二百三十三件设计图样。丹麦建筑设计师马特松的设计图，是其中之一。据说，当时38岁的他是在看女儿剥橘子的时候，从那一瓣瓣微微卷起的橘子皮得到启示，触发了设计灵感，画出了别出心裁的设计图。

悉尼歌剧院与港湾大桥组成和谐的美

最初，约恩·马特松的设计图并未被看好，遭到大多数评委所否定。评委之一的美国著名建筑师沙里宁因故来迟。当他来到悉尼，初评工作已告一段落。沙里宁看了评委们评出的十个方案都不满意，于是他审视了被淘汰的那些建筑方案。沙里宁一眼就看中约恩·马特松的设计图，大力推荐，终于得到评委会的认可，决定最后采用约恩·马特松的设计。所以，如果说约恩·马特松是千里马，沙里宁就是发现千里马的伯乐。

悉尼港湾大桥连接南北市区

车过雄伟的悉尼港湾大桥

20世纪二三十年代建造的港湾大桥

好事多磨。1959年，悉尼歌剧院按照约恩·马特松的设计图破土动工，很快就发现，那十片“贝壳”太花钱了。其中最高的一块，高度达六十七米。悉尼歌剧院的设计预算是700万澳元，而按照约恩·马特松的设计方案需要花费上亿澳元，是原设计预算的15倍！

于是，约恩·马特松的设计方案引起澳大利亚各方的强烈抨击，工程一度因资金不足而停顿。但是，悉尼歌剧院毕竟已经按照约恩·马特松的设计在建造，无法抹去。澳大利亚政府只得想方设法筹集资金。工程在拖拖拉拉中进行。澳大利亚政府为了节省成本，希望约恩·马特松修改设计方案，而约恩·马特松坚持不改。为此，约恩·马特松与澳大利亚政府之间发生了多次不愉快的争吵。结果，约恩·马特松在一怒之下，一走了之，并发誓再不来悉尼。

前后经历了14个春秋，悉尼歌剧院按照约恩·马特松的设计，终于在1973年竣工。

当这座白莲花式的迷人建筑出现在杰克逊湾的碧波之上，多少人为之倾倒，多少人流连忘返。悉尼歌剧院轰动了全世界。从此，悉尼歌剧院成为澳大利亚顶冠上最耀眼的明珠，成为澳大利亚的骄傲，成为20世纪全世界最杰出的建筑设计。

澳大利亚政府一再邀请约恩·马特松光临悉尼，亲眼看一看他的杰作。约恩·马特松怒气未消，不愿重返悉尼。

2000年，当奥运会在悉尼举行，澳大利亚政府又一次盛邀约恩·马特松前往悉尼。已经八旬高龄的约恩·马特松，派出女儿作为代表来到悉尼，捐赠了悉尼歌剧院的全部设计图纸，算是给了澳大利亚政府应有的面子。

不仅悉尼歌剧院是一部杰作，与悉尼歌剧院相辉映的港湾大桥，也是一部杰作。来自上海的我，眼看着黄浦江上崛起一座又一座气势宏伟的大桥，原本对于悉尼港湾大桥只是平常相待而已。但是当我得知这座大桥是在1924年开工建设、1932 年建成，不能不另眼相看，因为在那么早的岁月，建成如此规模的大桥，而且富有前瞻性，直至进入 21 世纪，这座大铁桥仍是那么适用。

悉尼港湾大桥贯通悉尼南北，全长 2500 米，有三大特色：

第一，是世界上最大的单孔拱桥，跨径 503 米，可容超级巨轮从桥下出入。

第二，是世界最宽的桥，桥面宽 49 米，设有两条电气火车轨道、八条汽车道、两条人行道、两条自行车道。

第三，每小时可通行 6000 辆汽车，128 列火车和 4 万行人。

在 20 世纪二三十年代就能够建造如此超前的大铁桥，不能不佩服澳大利亚人“百年大计”的建筑观念。

不论是迎着朝阳，还是丽日中天，或者是黄昏时分，以至夜色如黛，我一回回眺望悉尼歌剧院，眺望港湾大铁桥。

悉尼歌剧院如同一艘准备远航的风帆，一朵含苞欲放的奇葩，永远铭刻在我的记忆之中。

逆光中的悉尼港湾大桥与歌剧院

漫步情人港

一泓碧波情人港

情人港倒影

论知名度，在悉尼当然首推悉尼歌剧院。不过，论热闹、论繁华，首推情人港。

初听情人港，我还以为一定是一个谈情说爱、风花雪月的所在。到了那里，才知道是一个水清浪静的非常漂亮的港湾。这个港湾为什么要取名"情人港"呢?

其实，这里原本叫 COCKLE BAY，是澳大利亚出口羊毛的对外港口。从 1815 年开始，环绕码头还修建了造船厂、货物仓库和面粉工厂等。于是，这里成了货运码头和工业区。后来，由于澳洲的海运中心转移到墨尔本，这里的海船日见稀少，码头日益冷清。然而，这个湛蓝的海湾就这样闲置，未免太可惜，何况这里又地处悉尼市中心，用"黄金地段"来形容都嫌不够，应当说属于"白金地段"、"钻石地段"。

在 20 世纪 80 年代，为了纪念澳大利亚建国 200 周年，新南威尔士州政府对首府悉尼开始大规模的重建计划，其中的计划之一就是拆除旧的造船厂和仓库，在这里修建了规模宏大的商业中心、展览馆和国际会议中心。这一宏大的改造计划终于在 1988 年澳大利亚建国 200 周年时完成。

面目一新的港湾以新南威尔士州第七任总督芮福·达令（Ralph Darling）的名字命名的。达令——Darling，英文“亲爱的”之意，所以蒋介石总是称呼宋美龄为“达令”。这“达令港”（Darling Harbour）也就被译成“情人港”。

情人港位于悉尼的市区西北部。这里离中央火车站只有两公里，与唐人街、悉尼理工大学以及维多利亚皇后大楼紧相连。正因为这样，我和妻去那些地方的时候，就顺路来到情人港。所以我和妻去了情人港好多次。

悉尼情人港是“U”字形海湾

情人港是一个“U”字形的港湾，中间是一湾明净似镜、清澈透明的海水，在港湾的口子上建造了长长的皮亚蒙特大桥。沿着“U”字形的海岸，“镶”了一条非常宽敞的人行道，供人们散步，人行道旁的长椅、台阶，供人们闲坐、观赏。在人行道之外，则“镶”了一圈咖啡馆、酒吧、饭店、购物中心、游艺场，内中最受欢迎的是露天吧，在那里慢饮细啜一杯咖啡或者啤酒，享受蓝天碧海，是难得的休闲。此外，附近还有奥林匹克运动会展示中心、悉尼娱乐中心、悉尼水族馆、国家海事博物馆、悉尼会议中心、悉尼展览中心、动力博物馆、IMAX超大屏幕电影院、艺术市场，西北方还有规模宏大的海港赌城，到处是休闲之处。

情人港的“水上的士”

作者在情人港

我和妻曾经沿“U”字形人行道以及皮亚蒙特大桥，把情人港兜了一圈，大约要花费一个半小时。我们一边漫步，海鸥和鸽子一边在你四周盘旋。地面上不见果皮纸屑，水面上不见油污垃圾。皮亚蒙特大桥上挂满迎风招展的红旗。单轨的旅游列车不时从大桥上驶过。桥下，渡轮以

哦，累了——情人港所见

情人港晒太阳的人们

及汽船不时进进出出。

在情人港，我甚至还看见“水上的士”。此前，我只在意大利的水城威尼斯见到“水上的士”。

人行道之侧的台阶上，坐着、歪着、躺着各色人等，他们在阳光下曝晒着，似乎希望把雪白的皮肤晒得黑一些，在他们看来，那才是健康的肤色。

在棕榈树下，在草坪之侧，在露天酒吧，常可以见到有情人出双入对，双双对对，这里真的变成了情人港。

最热闹的是情人港西岸，那里有一个宏大的商场，一个餐饮中心。

从摄影的角度来看，站在横跨情人港的皮亚蒙特大桥上，可以拍摄情人港正面全景。不过，站在西岸拍摄似乎更好一些，前景是情人港镜子一般的水面，后景是悉尼市中心的高楼大厦，更有层次。

给我印象颇深的是，我和妻在一个星期天的中午来到情人港，那里人山人海。人行道上，坐满一圈圈朋友、学生，一个个家庭也围坐在那里，而圈子的中心是一盒盒快餐或者食品。

当我们走进西岸的餐饮中心，发现那里人满为患，每一个快餐店都排着长队。

尽管澳大利亚地广人稀，而我当时在情人港目击的熙熙攘攘的情景，仿佛是发生在上海繁华的南京路。

情人港是一幅美丽的画卷。漫步情人港，我见到了澳大利亚人在工作之余，享受阳光，享受海风，享受团聚，享受闲适。

夜游悉尼

悉尼的傍晚

很偶然，在悉尼“小香港”餐厅的文友聚餐时，我结识了一位年轻人小王。他的谈吐不凡，看得出，他读过许多中国现、当代的文学作品。他跟我谈中国的作家与作品，谈了许多。我以为他大约是在悉尼留学的文学系学生，不料他却告诉我，在悉尼当导游。

小王是一个非常热情的人。晚餐毕，已经是夜10时多了，原本是由另一位悉尼友人驾车送我回宾馆，小王却一定要我上他的车。他说，让他尽一份导游的职责，带我和妻夜游悉尼。盛情不可却，我和妻也就上了他的轿车。

车子开动之后，他说，不要马上去悉尼市中心，先去换辆车。

这辆轿车好好的，为什么要换一辆轿车呢?小王告诉我，他有两辆轿车。现在我乘坐的是一辆旧车，是他刚到悉尼打工时买的二手车。后来他当导游，积蓄了一些钱，又买了一辆很不错的新车。不过，他没有把旧车卖掉。平时去上班，他总是仍然开旧车，因为导游一接旅游团，便要日夜跟旅客在一起，轿车只能停放在旅游公司的停车场上，听凭风吹雨打。今天他是从旅游公司赶来出席聚会，所以也就驾旧车而来。他的新车，停放在家的车库里。他说我是他的贵宾，怎么可以坐旧车呢? 一定要乘新车才行。

我无法劝他别换车，只得随他来到他的家。他告诉我，在悉尼读完大学之后，一直忙于工作，他至今仍是“单身贵族”，住在一幢三层公寓楼里。他下了车，让我稍等，三脚两步上了楼，从家中拿了新车的钥匙，然后打开底楼的车库门，开出一辆崭新的轿车。他说，这辆新车是德国与澳大利亚合资在澳大利亚生产的，车体宽大，像美国的轿车，乘坐很舒服。

我上了他的新车，果真觉得座椅宽敞，我坐在左前座，脚也伸直了。

悉尼的黄昏

小王驾驶他的新车，朝悉尼市中心进发。

小王一边开车，一边聊着他的导游生涯。他说，悉尼的旅行社接纳来自四面八方的旅游团，这些旅游团是由不同的国家与地区组织的，本身都配有导游，但是到了悉尼之后，由悉尼的旅行社再派出导游，带领游客们游悉尼。

我说，你的工作，用旅游行业的话来说，也就是"地陪"，即当地的导游。

小王笑了，说"没错"。悉尼的旅行社，对来自不同的国家与地区的旅游团，分别派出不同的导游。他是负责接待来自中国大陆的旅游团，也有的同事专门负责接待来自美国、欧洲、日本以及中国台湾、香港地区的旅游团。小王说，负责接待港台旅游团的同事，往往都来自香港或者台湾，会讲粤语或者闽南语，容易与来自那里的旅客沟通。随着中国大陆的经济发展，来自中国大陆的旅游团越来越多，小王的业务也就越来越忙，常常刚刚送走一个团，又来一个团。中国大陆的旅游团，一年四季不断，其中以中国春节的时候最多，因为一则春节有长假，二则春节的时候中国大陆是严冬，澳大利亚正是盛夏，旅客喜欢朝暖和的地方跑。中国大陆的旅游团回国的航班，有的在清早 6 时多，为了送旅客回国，小王作为导游，往往要在清晨 3 时起床。所以导游的收入虽然丰厚，但是工作非常辛苦。越是节假日，导游越忙。

夜幕下的悉尼，彩灯万盏，高楼大厦用灯光链勾画出轮廓，闪烁的霓虹灯显示商业的繁华。小王对悉尼是那么的熟悉，很快地就驾驶他的轿车来到悉尼的港湾大桥旁。作为导游，他知道那里是观看夜悉尼的最佳景点之一：悉尼歌剧院在灯光的照耀下，比白天看上去更富有立体感。尤其是在黑色的夜空衬托之下，白色的悉尼歌剧院显得更加突出。再仰望近在眼前的港湾大桥，成串的灯光像珍珠链挂在大桥的拱形钢架上，使大桥益发美丽。

接着，小王驾车驶入情人港，停泊在天桥附近。他带领我和妻上了天桥。这时，云淡风清，情人港一侧的密集的高楼大厦，一个个窗口，射出一束束明亮的光，真个是万家灯火，直上苍穹。再俯瞰情人港那一尘不染的清澈的水面，此刻水波粼粼，倒映着岸边高楼的盏盏华灯，犹如满天繁星，撒入港中。

我很感叹，尽管在白天，我曾经多次到过悉尼歌剧院、情人港，而在夜色如黛之际

悉尼的夜楚楚动人

夜悉尼

再度来到这里，全然是另一番别致的景象。少了几分白日的喧嚣，多了几分夜晚的妩媚，夜悉尼显得更加楚楚动人。

看完夜悉尼这两个著名景点之后，上了车，小王用一副神秘兮兮的神态对我说，再带你们去看两个“景点”。说着，小王把车门锁上，这样即使有人想拉开车门进来，也无可奈何。小王的这一动作，更加增加了那两个“景点”的神秘性。

第一个“景点”是英王十字街。在白天，我也曾经路过这里，这是一条普普通通的商业街，并无特殊之处。然而，到了夜晚，这里是悉尼著名的红灯区。轿车驶入英王十字街时，小王特地放慢了车速，指着路灯下方说：“你看，那就是‘性工作者’。”我朝小王所指的方向看过去，那里站着一位打扮入时、衣着暴露的小姐，正叼着一支烟。“呶，那边！”小王又指着马路对面，那儿同样也有一位小姐在等待“客人”。英王十字街并不长，在夜幕下，三三两两的“性工作者”正在那里招揽生意。

出了英王十字街之后，小王告诉我，妓女在澳大利亚叫做“性工作者”，是合法的职业。她们定期作卫生检查，持“证”上岗。无“证”则被视为非法。“性工作者”的收入要向政府纳税。在红灯区，是不许拍照的。

小王驾车带领我们来到另一个不许拍照的“景点”——牛津大街。这里在白天同样是很普通的大街，到了夜晚，却成为同性恋聚集的地方。小王告诉我，在影影绰绰中，两个男人在这里聚在一起，十有八九是同性恋者。这里的酒吧、咖啡吧，夜晚成了同性恋者约会的场所。正因为这样，一般的市民在夜晚尽量避免路过这里。即便是一定要路过，必是行色匆匆，不与同性恋者为伍。

小王说，夜悉尼还有一个人来人往的场所，那就是赌场。来自中国大陆的游客，常常要小王“加班”，带他们前往赌场。只是由于已经是深夜十一时半了，我就没有去参观这一“景点”。

小王驾车离开悉尼市中心，把我和妻送到阿什菲尔德。我很感谢这位热情的小伙子，使我有机会见识了夜悉尼。

百 年 火 车 站

作者在悉尼中央火车站大厅

来来去去，在悉尼经过最多的火车站，要算是中央火车站(Central Station)了。

我第一次见到悉尼中央火车站，有一种似曾相识的感觉。那是一幢黄褐色的三层大楼，外墙用花岗岩砌成，在大楼的一端，是高高的钟楼，大约相当于十层楼那么高。这是英国式的古典建筑。

悉尼的单轨电车也就是上海的轻轨

我对悉尼中央火车站怎么会有一种似曾相识的感觉呢？细细一想，记起来了，坐落在上海南京西路与黄河路交叉口的原上海图书馆大楼，不就是这样的吗？尤其是钟楼，几乎是从同一个模子里倒出来的。我曾经多次到那里借书，所以在悉尼记起了原上海图书馆大楼。

其实，原上海图书馆大楼的前身，是旧上海跑马总会所在地，是英国人建造的，也是一座英国古典式建筑，怪不得那么相似。

悉尼中央火车站是澳大利亚最大的火车站。我走进设在中央火车站二层的拱形大厅，觉得颇有气派。十几个月台，跟大厅紧相连。底层则是长途巴士的车站。每天大约有14万的乘客从中央火车站进出和经过。除了火车乘客，也有很多是汽车、巴士和电车的乘客。这里是悉尼的转车中心。

“门对门”中巴

在中央火车站广场，我见到一辆白色中巴，上面写着醒目的红色大字“DOOR TO DOOR”，即“门对门”。这种中巴，我在美国旧金山机场见到过，是用来接送旅客的。这种中巴的

“门对门”，是“从机场门送到你的家门”的意思。“门对门”中巴往往运载七八位或者十来位乘客，价格比乘坐的士便宜，但是又可以像的士那样送你到家。

在今天看来，悉尼中央火车站仍是不错的建筑物。然而，悉尼中央火车站却有着百年历史。在2006年8月4日，悉尼人隆重庆祝了中央火车站第100个生日。100年前，中国还处于清朝末年，还处于留长辫、穿长袍马褂的年月，悉尼已经建造了规模宏伟的现代化的中央火车站，冒着蒸汽的火车头拖着长长的列车在这里进进出出。

据说，中央火车站曾经建有一间专门为英国伊丽莎白女王使用的豪华厕所。由于伊丽莎白女王毕竟难得访问澳大利亚，这间厕所在长期关闭之后终于拆除。另外，在中央火车站底层，还曾设有用来关押醉汉和闹事者的拘留所。从这些细节可以看出，当年设计悉尼中央火车站的时候，方方面面的考虑是何等的周全。

对于乘火车的乘客来说，务必要有很强的时间观念。迟到了，火车就开走了。正因为这样，悉尼中央火车站设有高高的钟楼，让匆匆来去的乘客们远远就能见到大钟，知道准确的时间。钟楼建于1903年9月27日，早于火车站建成。钟的表盘直径约五米，至今仍是悉尼最大的钟。为了节约能源，澳大利亚实行夏时制，钟楼的管理员每年都要两度爬上高高的钟楼，把巨钟拨快两小时或者拨慢两小时。

在悉尼中央火车站第一站台入口的大理石柱子上，至今仍可以见到一个小洞孔。那是1916年参加第一次世界大战的澳大利亚士兵，曾经在这里进行暴乱，在开枪射击时留下的子弹孔。澳大利亚是一个未曾发生国内战争的国家，这个小小的子弹孔，成为难得的历史遗迹。

悉尼中央火车站坐落在悉尼市中心。然而，在一百年前，悉尼人埋怨中央火车站离市中心太远！因为那时候的悉尼市中心很小，而中央火车站这一带当时是一大片墓地。考虑到中央火车

作者在悉尼单轨车站

悉尼的单轨是双层的

单轨列车的入口处

单轨列车进站了

在高楼大厦中穿梭的悉尼单轨列车

单轨列车在高架轨道上飞驶

站所占面积很大，而迁移墓地毕竟比拆除房子要容易些，所以还是把中央火车站选定在这里。如今，中央火车站这一带，成了悉尼的黄金地段。

从每天清早4时半开出第一趟列车，到子夜最后一趟列车进站，悉尼中央火车站一年到头处于忙碌之中。

悉尼的交通工具除了火车之外，公共汽车的线路遍布悉尼。蓝色和白色的公共汽车，不时从街上驶过。不过，悉尼人上下班，很多人选择乘火车，因为火车不会遭遇堵车。

我和妻还乘过悉尼的单轨电车（轻轨）。这种单轨电车运行在高架轨道上，主要是供旅游观光。单轨电车穿梭于悉尼市中心，是一条环形线路，途经悉尼最热闹的景点。每节车厢都很小，只有两张相对而坐的长椅，每张长椅坐三人。每人收费2.5澳元，随便你坐几站，甚至沿着环形线兜几圈都可以。唯一遗憾的是，车窗的玻璃之中，夹了一层铁丝网。原本乘坐单轨电车可以拍摄悉尼许多漂亮的街景，而这层铁丝网完全破坏了画面，使我感到扫兴。

在悉尼，也有许多年轻人喜欢骑自行车。不过，悉尼车多路窄，而且汽车速度又快，骑自行车不安全，除非作为健身器械在海滨或者校园内骑。

悉尼的出租车很多，白色的车身上戴一个很大的顶灯，外型看上去有点像警车。在悉尼，我没有乘坐过出租车，因为有很多友人驾私家车带我到各处观光。据说，悉尼出租车根据不同车型，定价不同，普通车型起步价为2澳元，每一公里0.575 澳元到0.95澳元。通常不收小费，但是乘客如果对服务非常满意或是需要司机搬运行李，可以视情况给不超过车费15%的小费。

悉尼市区信步游

悉尼电视塔

悉尼的旧市政厅

有人说，“悉尼好看不好玩。” 作为南半球的第一大城，与大海为伴的悉尼，“好看”是得到一致公认的。至于“不好玩”，则见仁见智。我的“玩”，注重欣赏城市的美，透过历史与文化观赏异国风情。

我在多次前往悉尼的“第一景点”悉尼歌剧院和“第二景点”情人港之后，和妻一起在悉尼市区信步漫游。

悉尼市中心不大。一边步行，一边欣赏，这种随心所欲的“自由行”，使我与悉尼零距离接触。

在悉尼歌剧院的南面，一大片翠绿的草地吸引了我。查了一下地图，知道这里是悉尼皇家植物园，便踱了进去。这里不收门票，游客可以随意进出。

我很欣赏悉尼皇家植物园的大门。那是一扇用铁条焊成的富有艺术性的大门。当时正处于逆光之中，在蓝天的映衬下，大门成了黑色的剪纸，看上去如同美国华盛顿国会大厦的剪影。我当即用照相机“收”入我的数码相册。

步入悉尼皇家植物园，精神为之一爽。这里的草地格外精致，如同毛毯一般。不少游客在草地上或坐或卧。

悉尼皇家植物园的前身，是英国女王封给一位澳大利亚总督拉克伦·麦格理 (Lachlan Macquarie，1792–1824) 的领地。拉克伦·麦格理在治理澳大利亚时，功勋卓著。英国女王赏赐给他的这块领地景色极其优美，他并没有独自享用，而是奉献给了公众，1816 年在他的领地上兴建了悉尼皇家植物园。

悉尼高楼

在悉尼皇家植物园里我见到一群大型青铜塑像，似乎跟悉尼皇家植物园本身无关。一打听，才知道这里原本是宫廷花园，是悉尼举办的1879年至1880年国际博览会的场馆。后来，在1882年毁于一场大火，唯这群大型青铜塑像依然矗立。在遭遇火灾之后，这里也并入悉尼皇家植物园，成为悉尼皇家植物园的一部分。于是，悉尼皇家植物园的面积扩大到约30公顷，即30万平方米，把面对杰克逊海湾班内龙角“最黄金”的一大片土地，都“圈”入悉尼皇家植物园的版图。这里种植了热带和亚热带植物7000多种。

悉尼皇家植物园大门

此后，在杰克逊海湾班内龙角顶端建造了悉尼歌剧院，而悉尼皇家植物园也就成了悉尼歌剧院的腹地，游客在游历了悉尼歌剧院之后，便在悉尼皇家植物园漫步，游览植物王国。

皇家植物园里的雕塑群

从悉尼皇家植物园往南，我又见到一大片绿地和茂密的巨树，那是海德公园（Hyde park）。

海德公园是伦敦最著名也是最大的公园，位于白金汉宫的西侧，与白金汉宫仅一墙相隔。深受英国文化影响的澳大利亚，1810年在悉尼市中心也兴建了同名的公园——海德公园。据说，当时海德公园的面积比现在大好几倍，这里也同时用作军队的操练场，后来还作过赛马场和板球场。

随着悉尼的日益繁华，市中心寸土尺金，海德公园的面积逐渐缩小，最后限定在由四条街所围成的长方形之中，西为伊丽莎白街，东为学院街，北为圣詹姆斯路，南为利物浦街。正因为这样，透过海德公园的树冠，所见到的便是悉尼市中心的高楼大厦。

悉尼海德公园

我沿着长方形的海德公园南北主干道向前，在公园的中心，见到一个大型的喷水池，上面立着战争女神黛安娜及阿波罗的雕像。这是为了纪念第一次世界大战的澳法联盟而建立的。南边的澳大利亚和新西兰联合军团纪念碑，则是纪念在战争中牺牲的士兵及无名英雄。

用木屑保护树木

我注意到，在海德公园参天的古树根部，凡是裸露的地面，都铺了一层厚厚的木屑。后来，我在澳大利亚各地，也都见到在裸露的地面铺了一层木屑。这样可以保护土壤，防止水分大量蒸发，也

悉尼街头学生

悉尼街头一瞥

壮丽的哥特式建筑——圣玛丽大教堂

防止沙土飞扬。从这一细节可以看出，澳大利亚对于环境的保护非常注意。

伦敦的海德公园那么出名，原因之一在于公园里有一个“演说角”，人们可以在那里自由地发表各种观点的演说。

据说伦敦海德公园的“演说角”起源于1855年，当时英国人还没有集会自由，所以到海德公园里来“出出气”，慢慢地成了一种“习惯”。人们喜欢在每个星期日的下午来到海德公园，自带装肥皂的废木箱作讲台，所以那里的“演说角”也被称为“肥皂箱上的民主”。不过，尽管演说是自由的，但是也有限制，即讲演者不能攻击英国王室，也不得对任何人进行人身攻击。

我问悉尼朋友，悉尼的海德公园有没有“演说角”？他们告诉我，既然悉尼海德公园是伦敦海德公园的“拷贝”，当然也有“演说角”。在那里，人们同样可以发表各种不同的意见，包括发泄不满情绪和牢骚。不过，在我漫步悉尼海德公园的时候，没有见到“演说角”。据说，现在由于可以在报纸、在网络上自由发表各种见解，所以前往悉尼海德公园那里发表自由演说的人并不多。

在悉尼海德公园东边，壮丽的哥特式建筑——圣玛丽大教堂吸引了我的视线。这座浅橘黄色石头墙面的教堂，是悉尼最大的教堂。教堂正立面的两旁是高耸的尖塔楼，中间入口的上端是教堂尖拱顶。

在澳大利亚，百分之七十四的人信奉基督教，因此，教堂遍布各地。圣玛丽大教堂始建于1821年，已有一百多年的历史。不仅在英国伦敦有圣玛丽大教堂，在挪威、美国旧金山、德国柏林以及澳大利亚的布里斯班，都有同名的圣玛丽大教堂。

澳大利亚对不同的宗教信仰兼容并蓄。在海德公园西侧，则有一座犹太大教堂。只是犹太大教堂坐落在高楼群中，显得不很突出。我是按照地图上的标识，才找到了犹太大教堂，拍摄了照片。

从犹太大教堂那里沿着东西向的派克街 (Park Street) 往西走，按照地图上的标识，前面就是悉尼市中心的南北通衢乔治街 (George Street)，著名的维多利亚女王大楼就在那里。就在我看地图的时候，一位衣着整齐的小伙子走过来，用普通话主动问我，要到哪里去？

我回答说，要去维多利亚女王大楼。小伙子带我到派克街与乔治街的交叉路口，这时出现在我的面前的乔治街，完全是一派欧洲风格的建筑物。小伙子指着对面的一幢顶上有着高高的钟楼的二层大楼说，那是悉尼的旧市政厅，而旁边的一幢几乎占领了大半个街面的一座拜占庭式的豪华建筑，就是维多利亚女王大楼。

悉尼犹太大教堂

我非常感谢他的指点。他拿出自己的名片，送给我。他说，他来自香港，在悉尼的花旗银行工作。如果你们在悉尼有什么困难需要帮助，按照名片上的电话号码给他打电话就行。小伙子的热忱，使我深为感动。

我和妻在派克路口穿过乔治街，见到一座青铜坐像，高高坐在花岗岩座基之上的铜像，戴着一顶王冠，手中拿着一根权杖。从黑色大理石铭牌上刻着的名字，我得知那是英国维多利亚女王的铜像。这座铜像，正好介于悉尼的旧市政厅和维多利亚女王大楼之间。

作者在悉尼南北通衢乔治街

维多利亚女王大楼用橘黄色的花岗石装饰外墙，共四层，楼顶装饰着一个个绿色的半球形拱顶，庄重而华丽。维多利亚女王大楼建于 1893 年，在 1986 年曾花费巨资整修。至今，维多利亚女王大楼仍是世界上最繁华的购物中心之一，也是悉尼重要的代表性建筑物。

走进维多利亚女王大楼精雕细刻的拱门，迎面是下铺彩色地砖、上是典雅穹顶的走廊，然后是一圈富有艺术性的金属的栏杆，中间是长长的天井，天井两侧是一间间商店。众多的名牌产品、高档时装在这里争艳斗丽。底楼之下还有地下商铺，那里陈列着各国的精美瓷器，令人目不暇接。世界著名设计师皮尔卡丹称赞维多利亚女王大楼是“全世界最漂亮的购物中心”。

悉尼的清真寺

维多利亚女王大楼的镇店之宝安放在第三层的走廊中央，那是一架中国的玉石马车，叫“新娘车”。它是按照真马车大小用墨绿色的玉制作的，原材料用了 300 吨玉石，经过精挑细选，当“新

英国维多利亚女王的铜像

悉尼美术馆

逆光中的悉尼大学

维多利亚女王大楼

娘车”完工后，仅重2吨。“新娘车”显示出中国皇家气派，再现了清朝达官贵人送女儿出嫁的情景。据说这辆新娘车原是北京圆明园里的宝物，后被八国联军夺走，辗转运到了这里。

在世人眼中，悉尼最美丽的建筑是悉尼歌剧院，但是在悉尼市民眼中，最漂亮的建筑物却是维多利亚女王大楼。据悉尼市政府在2006年对悉尼市民进行抽样调查，得出的结果是：

最喜欢的建筑，第一是维多利亚女王大楼，第二是悉尼歌剧院；最喜欢游览的地方，第一是海德公园，第二是乔治街商店区；最喜欢的年度活动，第一是悉尼国际艺术节，第二是除夕夜欢乐。

一名投了维多利亚女王大楼一票的人说，在这栋大楼里，人们可以自由自在从一楼逛到四楼，购物，喝咖啡，还能欣赏这栋一百多年历史的建筑艺术，下到地下室，就能坐车回家，而悉尼歌剧院只能给外地人拍照片而已。

在悉尼的众多餐馆饭店之中，给我印象颇深的是“三个聪明的猴子”(Three wise monkeys)

“三个聪明的猴子”酒吧

作者在“三个聪明的猴子”酒吧前留影

酒吧。

记得，那天我乘坐悉尼朋友禾日先生的轿车，在市中心沿着南北走向的乔治街(George Street)行驶时，突然放慢了车速，禾日先生指着街边一幢红砖砌成的三层楼房说：你看这座酒吧！

我顺着他的手指望去，那幢楼看上去颇有历史感，最醒目的是大门上方，蹲着三只猴子的青铜雕像。

通常，似乎只有伟人、名人才够格铸个青铜雕像，而这里居然给猴子铸青铜雕像。

禾日先生告诉我，这是悉尼有名的酒吧，名字就叫“三个聪明的猴子”。

就这样，“三个聪明的猴子”酒吧给我留下印象。当我在悉尼市区漫步的时候，走过乔治街，就特地来到这家“三个聪明的猴子”酒吧。

细细观看那“三个聪明的猴子”，非常有趣：左边的猴子用手捂着嘴巴，中间的猴子用双手蒙住眼睛，右边的猴子用双手紧紧捂着耳朵。

据说这三个猴子的造型，出自欧洲的一句箴言，“hear no evil， see no evil, speak no evil ”，即“不听坏事，不看坏事，不说坏事”。

其实，这与中国孔子《论语·颜渊》中所说的“非礼勿言，非礼勿视，非礼勿听”，异曲同工，如出一辙。

这表明，中西文化常常互融。

这家“三个聪明的猴子”酒吧，每逢周四、五、六，就挤满了顾客，水泄不通。人们喜欢在这里聚会，喝酒，聊天。

海上打渔 海边吃鱼

向悉尼海鲜市场供鱼的渔船

常言道,靠山吃山,靠海吃海。悉尼是镶在海边的一颗璀璨的明珠,海鲜成了悉尼的第一美食。尤其是我出生在海滨之城温州,所以到了悉尼,格外喜欢那里的海鲜。

在悉尼,海鲜的第一块“王牌”,非悉尼鱼市场 (Sydney Fish Market) 莫属。

悉尼鱼市场坐落在悉尼市区西边,市场的一边是皮蒙特街 (Pyrmont Rd.),市场的另一边是银行街 (Bank St.),市场还有两边则是瓦蓝瓦蓝的海湾。

悉尼漂亮的有轨电车

第一次去悉尼鱼市场,是王亚法先生开车带我和妻去那里吃海鲜的。去了一回,我马上就认得这个地方了。第二回,悉尼的几位作家在那里请我吃海鲜,我和妻乘有轨电车来到那里,他们都很惊讶——居然能够找到这个地方,而且到这里确实只有有轨电车最方便!

其实,悉尼鱼市场的方位很好确定,它在情人港的西面。再说,悉尼鱼市场附近有一个很明显的地标,那就是皮蒙特大桥。这座大桥是斜拉桥,那两个高大的“A”字形桥塔,远远地就能看见。

那天,我是从阿什菲尔德乘坐公共汽车来到市政厅,再从那里走一点路,从悉尼理工大学乘坐有轨电车,就来到悉尼鱼市场的门口了——后来知道,从中央火车站换乘有轨电车更加方便。

悉尼的有轨电车车厢宽敞

很多关于澳大利亚的旅游书上都说,澳大利亚的城市中,只有墨尔本仍保留有轨电车。其实,悉尼也有有轨电车。只不过墨尔本的有轨电车线路很多,而且还有环城有轨电车,很容易引起人们的注意,而悉尼的有轨电车只保留一条线路,即从中央火车站到皮蒙特,所以不大引人注意。

悉尼鱼市场到了

悉尼的有轨电车不是墨尔本那种怀旧的古老电车,而是新式的有轨电车,不仅外表漂亮,而且车厢宽敞,座位舒适,比公共汽车强多了。

在悉尼鱼市场那一站一下车,空气中便似乎飘着一股鱼腥味。走几步,便见到 Sydney Fish Market 字样,悉尼鱼市场到了。

进门之后,是停车场。到这里的人,很少像我这样是乘电车来的旅游者,因为大多数人是来这里买海鲜,预备了冷藏袋或者冷藏箱,买了海鲜之后,就用轿车运走。我见到一位中年人在停好轿车之后,手中拎着一个蓝灰色的塑料冷藏箱,大步流星朝鱼市场走去。

悉尼鱼市场是澳大利亚唯一,也是南半球最大的海鲜产品交易市场——世界上第二大海鲜交易市场,仅次于东京筑地鱼市场。

悉尼鱼市场每天出售的海鲜产品超过一百种。一天之内能卖出大约一千箱箱装海鲜和六十五吨刚刚打捞上来的新鲜海鲜。

这里最繁忙的时刻是清早。天还是一片漆黑,悉尼鱼市场便在清晨五时开始营业。这时候赶到这里的,自然不是普通的散客,而是悉尼各餐厅的采购员,各海鲜零售市场的老板。

这里的海鲜是通过拍卖出售的。据说,来自悉尼各处的买家,在正常情况下,每天差不多有 170 名买主,围坐在一个特殊的拍卖大钟——大转盘下,每个人面前都放着小电脑、麦克风和专门的按钮。

拍卖师根据供货商给的最高价，显示在钟面上。这里的拍卖与一般的拍卖行不同。拍卖师在一般的拍卖行叫价，总是从低往高，而这里是由高往低。随着海鲜拍卖师不断报价，钟面上的指针相应由高价转向低价。谁看中了，就揿面前的按钮，然后通过麦克风报告要买的数量。鱼市场的电脑随即为买方开出账单，由买方按账单在交款台付现金或通过银行转账。卖剩下的海鲜重新被拍卖。根据拍卖的账单，鱼市场忙于发货。

悉尼鱼市场每天出售的海鲜产品超过一百种

悉尼鱼市场这种由高价向低价拍卖的方式，是基于海鲜是时鲜货，必须迅速卖出去，所以从高价往下掉价，直到有人买下。这种拍卖方式是从荷兰引进的。荷兰盛产鲜花，鲜花是转瞬即萎的货，采用这种由高价向低价拍卖的方式，很快就脱手了。

悉尼的龙虾与美国波士顿的龙虾齐名

自从采用荷兰这种拍卖方式之后，悉尼鱼市场的拍卖会通常在上午 8 时前就能完成交易。

不过，这样的拍卖会，普通的顾客难得一见，因为批发商在竞拍海鲜的时候，很多人尚在梦乡之中。再说，没有专门的出入证，一般人是不许进入拍卖现场的。

上午 7:55 开始，悉尼鱼市场对公众开放。

悉尼鱼市场引来大批海鸥

我两次来到悉尼鱼市场，都是中午时分。那时候，批发商们早已经散去，在那里进进出出的，要么是购买海鲜的散客，要么是就地吃海鲜的顾客。

悉尼鱼市场分为两大部分，一边是出售生海鲜的市场，另一边是海鲜餐厅。

我来到出售生海鲜的市场，那里的气温要比外面低，所有的海鲜都用碎冰块保护着。这里的海鲜品种，多得令人眼花缭乱。很多海鱼，我叫不出名字。有的鱼，足有一个成年人那么高大。所有的鱼，都银光闪闪，非常新鲜。当然，最引人注目的是澳大利亚产的龙虾，养在水箱里，顾客随时可以买到活的龙虾。

海鲜餐厅

在生海鲜的市场旁边，有专门的加冰处。工人们从海上的渔船不断卸下刚刚捕获的海鲜，不断地装箱，而从粗大的管道里流出的碎冰，不断撒入箱内。

步入海鲜餐厅，迎面扑来的就是一股炸鱼煎蟹的香味。焗龙虾、椒盐大虾、三文鱼刺生、龙虾沙律、炸鱼虾、墨鱼卷、鲜蚝、面拖海蟹等等，不一而足。这里的海鲜的最大特点就是新鲜。另外，这里的价格也大众化。正因为这样，这里吸引了众多远道而来的食客。

除了海鲜餐馆之外，这里还有酒类专卖店、面包点心铺、大型水果超市，以"配合"食客们在大嚼海鲜时的"综合"需要。

海鲜餐厅里设有一排排桌椅，不过，食客们更加喜欢的地方是在海鲜餐厅之外，沿着海滨，一把把遮阳伞像一溜巨大的蘑菇，下面坐满了来自四面八方的顾客。

那天，悉尼作家王亚法、钱国瑛以及从美国来的诗人黄先生等，就在阳伞下跟我欢聚。钱国瑛原是上海《文汇报》记者，如今移民悉尼。澳大利亚SBS广播电台记者李卫国先生也来，对我作了录音专访。

王亚法买了三公斤重的皇帝蟹，请文友们品尝澳大利亚的这一特产。这只皇帝蟹，足有西瓜那般大。如果不是事先用锤子敲碎外壳，恐怕谁都咬不动，但是由于很新鲜，肉质格外嫩，富有弹性，而且非常鲜美，绝不亚于澳大利亚的龙虾，价格高于龙虾。

天空如洗，阳光普照。坐在大阳伞下，看着大海，吹着海风，享受友情，享受美食。海上打渔，海边吃鱼，悉尼鱼市场别具风情。海鸥在身边散步，时而俯冲到海上叼鱼，时而在阳伞下啄食面包碎片。

据说，这里还开办一所悉尼海鲜烹饪学校，学校每年招收14000多名学生，教授多种海鲜烹饪课程。

据说，这里还辟有海上钓鱼场，让钓鱼爱好者可以在大海的波涛下钓起美食，比起从海鲜市场买现成货更富有趣味。

悉尼鱼市场的缺憾是在下午5时就收场了，没有夜市。

悉尼鱼市场使我领略了悉尼作为海滨城市的魅力，那海风，那海浪，那海船，那海鲜，永远留在我的记忆里。

作者与悉尼作家王亚法（右）在海滨

澳大利亚SBS广播电台记者李卫国（右）采访作者

傍晚时分的悉尼海鲜市场，即将收场了

在动物园看袋鼠和考拉

袋鼠和考拉成为澳大利亚的象征

记得前往澳大利亚总领事馆签证的时候，领事馆的墙上挂着澳大利亚国徽，左边是一只袋鼠，右边是一只鸸鹋。

当我乘坐的飞机刚刚降落在悉尼国际机场的时候，便见到停机坪上好几架飞机高高翘起的尾翼上，都漆着红地白色图案，那白色图案便是一只正在奔跑的袋鼠。这表明，袋鼠成了澳大利亚的标志性动物。

进入澳大利亚之后，我发现在澳大利亚的硬币背面，刻着各种各样澳大利亚特有动物的图案。尤其是考拉，格外的可爱。

于是，我和妻决定去悉尼的动物园一游，看看澳大利亚的动物。我向在悉尼住了20年的一位朋友打听，去悉尼的动物园该怎么走？他的回答令我惊讶，他居然没有去过！

后来，我向一位悉尼的大学生打听，她告诉我，悉尼的动物园叫塔郎加（Taronga）动物园，就在悉尼歌剧院的对面，可以从悉尼歌剧院的环形码头乘船到那里。她还告诉我，买“套餐票”最方便。所谓“套餐票”，即包括来回渡船费、公共汽车费、动物园门票费和缆车费。塔郎加动物园很大，可以游一整天。最好别在周末或者周日去，人太多。

真是“路在嘴边”，经这位小姐一介绍，我心中就有底了。

于是，在一天早上，我和妻吃过早餐之后，就从阿什菲尔德乘火车出发，直达环形码头站。从火车站一下来，迎面就是前往塔郎加动物园的渡船码头，非常方便。按照那位小姐的提示，我们买了“套餐票”，每人39澳元。售票员给了我们一张卡。

塔郎加动物园在北悉尼。我在码头等了一会儿。起初，只有几位印度小姐在等船。

当乘客“积累”到20来人，渡轮来了。渡轮很大，可以载几百人，所以20来人上船之后，显得很空。我挑选了二楼的甲板上的露天红色长椅坐了下来，便于观赏海景。渡轮启动后，在碧海中犁出一道雪白的浪迹。

真不错，渡轮横穿杰克逊海湾，可以说是一条景观路线。因为平常只能从岸上观看悉尼歌剧院和港湾大桥，而现在可以从海上欣赏，角度不同，景观也全然不同。船行景移，在二楼的甲板上，我拍摄了一帧又一帧照片。我不光是从各种角度拍摄了悉尼歌剧院和港湾大桥，而且还拍摄了悉尼市区的高楼群以及杰克逊海湾中的小岛，这个小岛当年是关押犯人的监狱，倘若不是渡轮从小岛之侧驶过，在岸上是很难拍到的。

渡轮横穿杰克逊海湾

这个小岛当年是关押犯人的地方

渡轮大约行驶了20分钟，在北悉尼的莫斯曼码头泊岸。一上岸，便有一辆公共汽车等在那里。“套餐票”里包括公共汽车票，所以刷一下卡就可以了。公共汽车把我送到了塔郎加动物园的正门。

塔郎加动物园的拱形正门，古色古香。塔郎加——Taronga，在澳洲土著民族的语言里面是“美丽的水上景色”的意思。这个动物园建于1916年，已经有90多年的历史。

塔郎加动物园的拱形正门

动物园里的路径曲里拐弯，必须拿一张动物园地图，才能心中有数。看了地图，经过游览，我发现塔郎加动物园的布局极佳。通常，动物园是在平地，而塔郎加动物园却在一个巨大的山坡上。正门设在山坡的最高处，让游客从高往低游览，这样很省力。动物园的出口，就设在莫斯曼码头。游客也可以不乘公共汽车，那里的出口同时也是入口，从那里进入之后，可以乘动物园里的缆车，从山脚到山顶，再从山顶慢慢往下游览。当然，也有不少年轻的游客喜欢从低处往高处游览，到了高处之后，仍可以乘缆车回到低处。

在动物园的正门以及出口这两端，设有商场、餐厅，便于游客购买纪念品以及用餐。

从动物园远眺悉尼市区

我很欣赏这里的缆车，不仅可以观赏动物园的全貌，而且

动物园里的缆车

袋鼠居然大模大样跑过来

袋鼠甚至还抓住作者的背包

鸵鸟在动物园里漫步

澳大利亚的鹈鹕

可以观赏杰克逊海湾以及对岸的悉尼歌剧院，真可谓“美丽的水上景色”。

塔郎加动物园很大，既有大象，也有海豚、老虎。我把观赏的重点放在澳洲的特有动物上。

我来到了袋鼠园。袋鼠园的园门有两道，关好第一道门之后，再开第二道门。原来，袋鼠园里的袋鼠是自由放养的，这样两道门可以防止袋鼠外逃。

袋鼠园里有许多袋鼠，在那里或觅食，或散步。虽说过去在电视里看见过袋鼠，现在却能够跟袋鼠零距离接触，觉得特别新奇。袋鼠不会伤人。不过，管理员还是站在那里避免意外。这里的管理员一律穿灰色制服，脚蹬皮靴，腰间挂着步话机，如同警察一般。

我开始拍摄袋鼠。袋鼠居然大模大样跑过来，甚至还抓住我的背包，跟我玩耍。

据说，英国库克船长在登陆澳洲之后，第一次看见袋鼠是在1770年7月22日。那天，他派几名水手上岸打猎，打算改善一下伙食。水手们打猎回来，说是见到一种特殊的野兽，有猎犬那么大，老鼠颜色，跑起来一蹦一蹦的，行动迅速，转眼之间就不见了。过了两天，库克船长也亲眼看见了这种前腿短、后腿长的奇特动物。

库克在日记中这么写道：“走了几里之后，他们发现四只这样的野兽。本克斯的猎狗去追赶其中两只，可是它们很快跳进长得很高的草丛里，狗难以追赶，结果让它们跑掉了。据本克斯先生观察，这种动物不像一般兽类那样用四条腿跳，而是像跳鼠一样，用两条后腿跳跃。”

库克在日记中提到的本克斯先生，是参加考察的一位英国生物学家。

当库克向当地的土著居民询问怎样称呼这种动物，土人回答：“康格鲁（kangaroo）。”从此“康格鲁”成了袋鼠的英文名字，并沿用至今。

孔雀在问候:"你好!"

海鸥亭亭玉立

后来,人们才明白,原来"康格鲁"在当地土语中是"不知道"的意思。

一群袋鼠

袋鼠可以说是动物世界里的跳远冠军。袋鼠以跳代跑,最高可跳到 4 米,最远可跳至 13 米,是跳得最高最远的哺乳动物。袋鼠蹦跳时速度可达每小时 40~65 公里。袋鼠尾又长又大又硬,仿佛是袋鼠的第五条腿。袋鼠跳跃时,尾巴可作为平衡器,而休息时可以跟两只后腿一起成为支撑身体的"三角架"。

袋鼠是食草动物,吃多种植物,有的还吃真菌类。

袋鼠的品种很多,澳大利亚有 47 种袋鼠,诸如百喉袋鼠、红颈袋鼠、岩袋鼠、羚袋鼠、东澳灰袋鼠等。

袋鼠皮成了澳大利亚特产

袋鼠的最大特色还在于"袋"。所有雌性袋鼠都长有前开的育儿袋,育儿袋里有四个乳头。袋鼠每年生殖一至二次。刚出生的小袋鼠很小,只有铅笔头那样大小,长两厘米,重 0.5~0.75 克,没有毛,看不见东西。小袋鼠生下后立即被妈妈存放在育儿袋里。小袋鼠在育儿袋里被抚养长大,直到一年后正式断奶,才离开育儿袋。

袋鼠跟大熊猫不同,不属于珍稀动物。袋鼠的繁殖力很强。一只公袋鼠的繁殖能力相当于 26 头牛。正因为这样,目前在澳洲大约生活着 3000 万只袋鼠。

在高速公路之侧,我常见到画着袋鼠图案的标志。当地友人告诉我,这是在提醒司机,附近是袋鼠频繁活动的地区,要格外小心。我问,袋鼠并不伤人,为什么要提防袋鼠?友人答道,在袋鼠频繁活动的地区,袋鼠有时会跑到高速公路上活动。大的袋鼠一般身高有 2.6 米,体重约有 80 公斤。万一轿车躲避不及,撞上大袋鼠,就会造成车毁人亡的惨剧。再说,袋鼠太多,也会对森林、草原造成危害。

正因为这样,在袋鼠太多的地区,澳大利亚每年都要组织人力射杀一批袋鼠,有时一年要射杀 100~200 万只袋鼠。袋鼠肉可供食用,味道像猪肉。

保护野生动物的标志

考拉正抱着树干在那里呼呼大睡

考拉玩具很受孩子们欢迎

离开袋鼠园,我便去参观考拉园。

考拉园里静悄悄,不见考拉的踪影。见到别的游客仰首瞻望树冠,我也仰起头来,嗬,见到考拉了,正抱着树干在那里呼呼大睡!

考拉的模样,要比袋鼠可爱。我非常喜欢考拉那副憨态:黑黑的小眼睛,长而乌亮的鼻子,两只大而圆的耳朵,一身棕灰色的毛(腹部的毛为淡黄色)。考拉紧紧地抱着树干,睡得又香又甜。正因为这样,考拉有着“世界上最可爱的动物”、“从童话里走出来的动物”的美誉。

在睡觉的考拉之侧,还有两只考拉,正在那里咀嚼树叶。

考拉只吃桉树的树叶。澳大利亚有几百种桉树,考拉只爱吃其中的二十多种桉树叶。每天,管理员要从桉树林里采摘新鲜的桉树枝,一束束放到考拉树下的桶里,让考拉伸手就能抓到桉树枝,不停地咀嚼着桉树叶,真可谓“饭来张口”。

可爱的小考拉

在野外,澳大利亚满山遍野都是桉树。桉树叶有着一股强烈的气味,别的动物都退避三舍,而考拉却非要吃这种桉树叶不可。正因为这样,考拉只能生活在长满桉树的澳洲,成为澳洲特有的动物。

考拉只吃桉树的树叶,不喝水,“Koala”的澳洲土著语原意,就是“不喝水”的动物。其实,考拉是从桉树叶里摄取脂肪和水分。一只成年考拉一天能

老师带领学生们参观动物园

中小学生在老师的带领下，一边参观，一边认真地记笔记

吃一公斤以上的桉树叶。

考拉没有尾巴，所以又称“无尾树熊”。

考拉是树栖动物，喜欢独居，没有固定的窝。考拉绝大部分时间是在树上度过的。考拉难得从树上下来，而考拉下地也是为了爬上另一棵树。

考拉非常贪睡，每天平均至少要在树上睡 15~19 个小时。正因为这样，我给那只抱着树干的考拉咔嚓咔嚓拍了许多照片，考拉照睡不误。所以考拉的一个雅号叫“懒熊”。

考拉性情温顺，不伤人。考拉胆子小，受到惊吓，会发出婴儿一般的哭声。

过去我只知道袋鼠有育儿袋，这一回我才知道考拉也有育儿袋。刚刚出生时，小考拉也像小袋鼠那样小，像一颗粉红色的软糖，只有两厘米长，体重不到 1 克重，没有毛发，双眼紧闭。小考拉爬进妈妈的育儿袋，袋里有两个乳头，育儿袋成为小考拉的宾馆兼餐馆。在开头的几个月里，小考拉只吃母乳，而且从不钻出育儿袋。到了出生 5 个多月，小考拉的眼睛、耳朵和皮毛慢慢长好，这才从育儿袋中探出头来。

到了 1 岁的时候，小考拉能够直接吃桉树叶了，这才离开妈妈的襁褓，开始独立生活。

原本澳大利亚到处是考拉。后来由于考拉赖以安身立命的桉树被大量砍伐，而且人们还大量猎杀考拉，使考拉的数量急剧降低。如今，澳大利亚联邦政府规定，每年 10 月 20 日为全国考拉日。每逢这一天，人们自发地组织起来，开展各种挽救考拉的活动，树立保护考拉的意识。

那天，我在塔郎加动物园度过了愉快的一天。我见到许多中小学生在老师的带领下，一边参观，一边认真地记笔记。塔郎加动物园既是游玩的乐园，又是知识的殿堂。其实，不仅对于中小学生是如此，对于我何尝不是如此。

辉煌过后的奥林匹克

悉尼的 2000 奥运会纪念标志

1993 年，北京仅以两票之差，被悉尼夺去了 2000 年奥运会的举办权。这件事给我留下的印象太深，所以我到了悉尼之后，无论如何要去看一下悉尼举办 2000 年奥运会的场地。虽说当地的朋友对我说，那个地方现在又没有体育比赛，有什么好看的？我还是去了。

我和妻是在一天吃过早餐之后，从阿什菲尔德出发，乘火车前往 2000 年举办奥运会的场地——如今那里叫“悉尼奥林匹克公园”(Sydney Olympic Park)，坐落在霍姆布什湾 (Homebush Bay)。

我在买火车票时，说是前往悉尼奥林匹克公园，售票员就给了我车票。上了车一打听，才知道乘火车要先到林肯区站 (Lidcombe)，从那里过天桥，再换乘另一路火车，坐一站，才到达悉尼奥林匹克公园。据说，在 2000 年悉尼举办奥运会时，许多外国观众乘错了火车，找不到奥运会场地，大约就是不知道要在林肯区站换车。后来，我和妻从奥林匹克公园返回时，也差一点乘错车——忘了要在林肯区站换车。

奥林匹克公园离悉尼市中心颇远，火车在那一带都在地面行车，可是进入奥林匹克公园站的时候，却“钻”入地下。这里的地下车站规模颇大，显然是为 2000 年举办奥运会时成千上万的人进出车站而专门设计的。不过，在我和妻下车的时候，同时下车的人只有十来个人。

我们乘卷扬电梯从地下来到地面，这地面车站也宏伟而漂亮。不过，走出车站之后，我和妻同那十来个人分道扬镳，他们大约都是前往这里的公司上班的，往右走，而我和妻是前往奥林匹克公园游览的，朝左行。

从火车站到奥林匹克公园，不过五六百米。我来到奥林匹克公园，深深佩服当年的设计者：从长长的笔直的主干道望过去，两边错落有致地分布着2000年悉尼奥林匹克运动会的主会场。这些场馆的设计线条简洁，色彩主要是灰、白两色，显得整齐而大气。

长长的笔直的主干道

悉尼奥林匹克公园的前身，从1894年到1993年整整一百年间，这霍姆布什湾原本是个臭气冲天的垃圾场和屠宰场。悉尼市政府在1993年争得2000年奥运会的举办权之后，便把这里来了个天翻地覆的大改造。我眼前这么多现代化的运动场馆，就是在垃圾场和屠宰场上崛起的。

首先吸引我的眼球的是主干道左侧，排列在第一号地位的主赛场。2000年奥运会气势恢宏的开幕式、闭幕式以及足球赛，都在这里举行。全球的观众都从电视上见过它的雄姿。七年过去，这主赛场的圆弧形的大穹顶依然是那么别具一格。在正中的位置，挂着“TELSTRA STADIUM”的巨大牌子。TELSTRA是澳大利亚首屈一指的电话公司，这个主赛场就是这家公司投资建造的，也就以这家公司的名字命名主赛场。

2000年悉尼奥林匹克运动会的主会场

我想走进主赛场看一看。当我走到跟前，见到一大排几十个售票窗口全部紧闭。我又走近大门，发现大门紧锁。我透过玻璃窗往里看，似乎大穹顶之下已经变成商场，而这些商店也空无一人。

这时，我才忽然发现，这么巨大的奥林匹克公园，阳光是那么的灿烂，是那样的空荡荡，参观者只有我和妻这“两人团”而已！

我们这“两人团”在寂寞之中，沿着那漫长的主干道慢慢向前走着。我格外喜欢主干道右侧的喷泉。通常的喷泉是从下往上喷，而这里的喷泉是从一个金属架顶部巨大的圆盘朝四处喷射，形成圆柱形的水雾，在阳光

悉尼奥林匹克运动会入口处的“天梯”

主干道右侧的喷泉

志愿者的“功德柱”

悉尼奥运会的录像播放亭

下出现一道彩虹。

我和妻只能互相拍照。我们很想找人帮忙，在这难得一见的喷泉前给我们拍一张合影。我朝四处张望，竟无一人！

空寂会使人产生疲惫感。尤其是在如此广阔的奥林匹克公园，益发显得空旷，因而也就越发觉得孤独。这种空寂，使我的游兴锐减。原本我打算造访一个个场馆，诸如游泳馆、网球馆、篮球馆等等，由于预计到个个场馆都会是“铁将军”看门，也就懒得去吃闭门羹了。

我们沿着主干道慢慢往回走，发现在主赛场前方，排列着长长短短、颜色不一的圆柱形的金属柱。走近一看，这些金属柱粗的如同电线杆，细的也有碗口那么粗。这些金属柱总共有400多根，上面按照英文开头字母顺序排列刻着四万多个名字。原来，这是当年义务参加悉尼奥林匹克体育场所建设的志愿者的姓名，是他们的“功德柱”！

正在我和妻感到有点累的时候，见到“功德柱”旁有一个金属的圆形的凉亭，亭里有几个圆柱形的凳子，便进去坐下来，歇一会儿。

就在我们坐定后不久，突然爆发的热烈的欢呼声把我吓了一跳！

在这空无一人的地方，从哪里传出如此响亮的欢呼声？

我循声望去，原来是从我所坐的这个金属亭子里传出来的。在热烈的欢呼声中，金属亭子圆形的顶部逐渐亮起来，出现万众欢呼的场面。

原来，这圆形的顶部安装了一圈电视屏幕。我进亭子的时候，由于这些电视屏幕都是黑的，而且外边的阳光太强烈，我没有注意。大约这亭子里安装了感应设备，所以有人进亭的时候，自动开始播放录像，电视屏幕也就慢慢亮了起来，喇叭里发出声音。

直到全部屏幕都亮足，我才看清，原来在播放2000年悉尼奥运会运动员进场式。每一个屏幕播出的只是进场式的一个局部，那一圈屏幕构成了360度的统一画面，我仿佛置身于主赛场的中央，观看着高举不同国旗的运动健儿逐一入场，背后是雀跃欢腾的数以万计的观众。

当我离开这金属亭子之后，录像自动停止播放，万众欢呼声也戛然而止。我的四周依然一片宁静，而这万籁俱寂的感觉仿佛比没有播放录像之前更加强烈。我对于刚才从屏幕上见到的悉尼奥运会无比盛大的开幕式，产生了过眼烟云之感。

偌大的奥林匹克会场空荡荡的

我和妻在这一片空旷、一片静谧之中，默默地离开了硕大无朋的悉尼奥林匹克运动场。

就在这时，一个巨大的问号闪过我的脑海：奥运会固然辉煌，然而在辉煌过后，那些庞大的闲置的体育场馆该怎么办？

据前悉尼奥组委主席桑迪·豪威指出，1984 年以前的奥运会能盈利的极少，1976 年 15 天的蒙特利尔奥运会巨额亏损 20 亿美元。1988 年汉城奥运会盈利 3 亿美元，开创了奥运会盈利纪录。悉尼奥运会是历史上最赚钱的奥运会。它通过赞助、电视转播和门票等共收入 17.56 亿美元，比获得主办权时的预计高出了 80%。另外，奥运会也给悉尼带来了大批的游客。在奥运会的 16 天里，到达悉尼的国内外游客人数达到 100 多万，为澳大利亚旅游业带来 8.8 亿美元的收益，如果从 1997 年算起的话，四年里奥运会给澳大利亚带来的旅游总收入达到了 42.7 亿美元。同时，奥运会为悉尼带来的海外投资达到了 87 亿美元，创造了 15 万个就业机会。

正因为悉尼奥运会大赚了一把，以至有人发出这样的感叹：“世界上最大的生意是体育，其次才是电脑。”

然而，辉煌过后的悉尼奥运场馆无人问津，众多闲置的奥运场馆成为沉重的负担，也为悉尼出了一道难题。其原因是：本市的市民由于都领略过悉尼奥运场馆最辉煌的时刻，谁还愿意再去观看空无一人的这些场馆？至于外国的旅游团，也对这些冷置的奥运场馆失去兴趣，宁可把时间花费在游览悉尼歌剧院和情人港，哪怕是去悉尼动物园看一下袋鼠和考拉，也比去看冷冰冰的悉尼奥运场馆强。

有人指出，悉尼奥运会场馆的闲置造成了四亿澳元的损失。

也正因为这样，桑迪·豪威反思道，最严重的就是奥运会之后的场馆闲置问题。奥运会开完后，场馆还在，这些大型的建设项目在奥运会之后将何去何从？场馆闲置是一个普遍存在的问题，任何一个大型赛事都可能出现。悉尼奥运场馆的失败，主要是因为这些场馆建得距市中心太远，而且在市中心也有类似的设施。这使得它有 11 万个座位的主体育场——澳大利亚体育场，即使座位被减到了 8 万个，依然少人问津。现在，澳大利亚纳税人每年要花 3200 万美元用以维修奥运场地。而且悉尼政府还不得不从 2002 年开始用十年时间拆除部分奥运场馆。

其实，2004 年奥运会的举办地雅典也面临着同样的难题，希腊人正在担心雅典的奥运会场馆会因为长期废弃不用导致管理混乱而最终成为一片废墟。建在海莱尼孔市郊雅典老机场上的奥运会场馆，在雅典奥运会结束后，可能被推土机摧毁，因为欧洲最大的一个游乐场已经打算在这里兴建。

悉尼奥运会场馆今日的尴尬处境，给 2008 年北京奥运会以前车之鉴：在筹划奥运会的时候，不仅要考虑举办奥运会时的辉煌，也要考虑辉煌之后的充分利用。

好在北京已经注意到悉尼的教训，把许多 2008 年奥运会赛馆分散建于北京的大学校园之中，这将保证这些体育设施在奥运会之后仍得到充分的使用。至于庞大的“鸟巢”和亮眼的“水立方”在北京奥运会之后，会不会重蹈悉尼奥运会场馆的覆辙，就不得而知了。

当年的奥运村，如今成了宾馆、办公楼

探访悉尼越南城

悉尼的越南城

牌坊正面写着“天下为公”

在王亚法先生的提议下，我和妻在他和李剑云先生的陪同下，走访悉尼西区偏南的越南城——卡巴玛达市（Cabramatta）。

由于从阿什菲尔德前往卡巴玛达市挺远的，况且有火车可以直达，那天我们没有驾车到那里，而是从阿什菲尔德乘火车直达卡巴玛达市。经停了15个车站，火车这才终于到达卡巴玛达市。

在悉尼，我所关注的是市区的唐人街（中国城）以及我所居住的“小上海”阿什菲尔德，而卡巴玛达市则是越南人聚居处，人称“越南城”。其实，在墨尔本，也有越南街瑞奇蒙（Richmond）。

据传说，卡巴玛达市曾经是悉尼社会秩序最乱的地区，也是贩毒最严重的地方。不过，我们在卡巴玛达市火车站下车之后，穿过天桥，来到卡巴玛达市越南城，出现在我的眼前却是一个街道整洁、市场繁荣的社区。我到过越南，认得许多商店的招牌上所写的类似英文的文字是越南文。不过，令我惊讶的是，这里还有许多招牌上写着中文。甚至我还见到这里矗立着中国式牌坊，正面写着“天下为公”，背面写着“止於至善”。

王亚法告诉我，越南城如今住着许多中国移民。越南城的许多商铺，是中国移民开的。

王亚法领着我们去拜访越南城里一位传奇式人物杨明先生。杨明先生见证了越南城的历史。

杨明先生的家，就在离卡巴玛达市火车站不远的地方。揿了门铃之后，开了铁门，我见到头发已经花白的杨明先生，热忱地跟我们一行人一一握手。一进门，便见到影

在杨明先生自家花园的凉亭里

四壁全是顶天立地的白色书架

壁上挂着杨明先生亲笔所书“涉趣园”三字。

杨明先生在自家花园的一个凉亭里，用潮汕的习俗功夫茶招待我们，杨太太则端来刚刚炒好的腰果请我们品尝。阳光从凉亭的格子窗照射进来，显得格外的温馨。

我跟杨明先生一边品茶，一边聊天，得知他是兼具中国、越南、澳大利亚三国身份的人：

他1933年出生于中国广东澄海县东湖乡，是一位道地的中国人；他少小离家，六岁时跟随父亲移居越南西贡，加入越南国籍，担任西贡最大的华文报纸《远东日报》主笔；他在1979年逃离越南，成为越南难民，移居澳大利亚，加入了澳大利亚国籍。

作为广东澄海县人，杨明先生会讲潮汕话、粤语以及普通话。到了越南，他学会了越南话。那时候的越南，是法国殖民地，他也学会了法语。此外，他的英语也很流利。掌握多种语言，使他在来到澳大利亚之后，能够广交朋友，并在这里扎下了根。

杨明先生告诉我，这房子是他在一年前买下的，还处于打理之中。这幢房子连同花园近一千平方米，是以32万澳元买下的。

杨明先生带领我们参观他的新居。新居中的两大间房子，四壁全是顶天立地的白色书架，放满各种文字的图书，其中以中文的文史图书最多。书房里还有许多装满图书的纸箱尚未打开，杨明先生说，还来不及整理这些图书。

作为越南西贡《远东日报》主笔，杨明先生怎么会变成越南难民？他作为越南难民，又是怎样会移民到澳大利亚？

幸好我曾经访问过越南，我了解越南在20世纪40~70年代那一系列错综复杂而又多变的政治事件，明白杨明先生怎么会变成越南难民……

不论是在悉尼还是在墨尔本，越南人的人数都是仅次于华人。

来自中国大陆的新移民，主要是在中国实行改革开放之后，从20世纪80年代开始向澳大利亚大批移民。

越南向澳大利亚大批移民，则早于中国大陆，其原因也与中国大陆大不相同。

悉尼越南城夜景

悉尼越南城里的公寓楼

越南向澳大利亚移民，是越南难民，集中在1975年以及1975年之后的那几年。

越南难民大批进入澳大利亚，是跟越南特殊的历史相关。

越南在20世纪经历了两场漫长的战争：

越南原本是法国殖民地，在第二次世界大战中被日本占领。1945年日本投降以后，越南共产党主席胡志明宣布越南独立。老挝和柬埔寨也相继宣布独立。

法国不甘心失去昔日的殖民地越南、老挝和柬埔寨，派兵前往越南、老挝和柬埔寨。从1946年至1954年，越南经历了长达八年的反抗法国殖民统治的战争，法国战败。

1954年，中、美、英、法和印度支那越南、老挝和柬埔寨三国达成日内瓦协议，在法国承认印度支那三国民族权利的基础上，恢复印度支那和平。

法国军队撤走后，美国乘机插手，取代了法国。美国在越南南方扶植吴庭艳政权，并向南越提供军事援助，派遣顾问，为南越建立起拥有30万人的军队。

1965年3月，美国派地面部队到越南南方直接参战，越南战争升级为以美军为主的局部战争。到了1969年4月，进入越南的美军增至54万多人。作为美国的盟友，澳大利亚、新西兰、法国、加拿大、韩国、泰国等10国也先后派兵前往越南。

从1965年至1975年，越南经历了十年的反美战争。在1975年，越南战争发生了大转折：3月，来自越南北方的、由越南共产党领导的越南人民军发动春季攻势；4月23日，越南南方的资本主义政权——南越内阁宣告辞职，美国总统福特不得不宣布越南战争结束；4月30日，越南人民军攻占南越首府西贡。南越总统阮文明无条件地向越南共产党投降。从此，越南战争宣告结束。在这场战争中，美军死亡5.8万人，受伤30.4万人，2000多人失踪。作为美国的同盟军，澳大利亚军队死亡500人，2400人受伤。

越南共产党取得了越南南方的统治权，导致大批南越政权的军政人员以及富商、地主逃离越南南方，进入邻近的泰国，形成了巨大的难民潮。

当时总共有13万越南人出逃。这些难民潮中，大多数人来自城市，主要是在西贡为美军或南越政权服务的人员。他们文化程度普遍比较高，在18岁以上的难民中，

20%受过大学教育,38%受过中学教育,18%受过小学教育,2/3 会讲英语。女性占了第一次难民潮的一半。

在 1975 年之后,又有大批越南人逃离越南。这些难民基本上是乘船出逃,因而被称为是“船民”。在这些“船民”之中,40%是华裔越南人。越南统一后开始排华,大批华人受到歧视,因为他们虽然只占越南人口的 7%,却经营着越南 80%的零售业。

泰国无法容纳这么多越南难民,便求助于联合国。

联合国难民事务公署在日内瓦召开越南难民问题国际会议,着手解决这一问题。经过磋商,战争的失败方美国、澳大利亚、新西兰、法国、加拿大、韩国、泰国等十一国分摊接受越南难民。另外,中国则负责安置从越南逃出的华侨。

杨明先生便属于第二批出逃的“船民”。

杨明先生回忆说,在西贡,他除了担任《远东日报》主笔之外,还担任《亚洲日报》新闻编辑兼英文翻译、西贡潮州公立同心中学校长、福德中学训导主任。精力充沛的他,甚至还兼任西贡潮州公立六邑公立医院董事会办公室主任。

当越南人民军对西贡发动总攻击之前,他的许多朋友都选择了出逃之路。他却没有走。在他看来,他跟西贡政权并无很深的瓜葛,越南共产党不会对他怎么样。

就在越南人民军进入西贡的前一天, 西贡市内的越南共产党组织从地下状态转为公开。他的一位老同学是越南共产党党员,前来找他。老同学说,从明天起,所有西贡原有的报纸一律停止发行,你主笔的《远东日报》也必须停刊,与此同时越南共产党主办的报纸《解放日报》开始出版。老同学希望杨明参加《解放日报》中文版的编辑工作。老同学说,他们特别缺乏报纸编辑,而你是富有编辑经验的人。

就这样,杨明参加了《解放日报》中文版的编辑工作。不过,杨明只干了 12 天,就离开了。

杨明离开《解放日报》中文版编辑部,是由于他受到了来自两方面的压力:许多当年的亲西贡政权的朋友,骂杨明“亲共”,而越南共产党由于杨明不是党员对他并不信任,何况他又无法适应共产党报纸的那种宣传方式。

于是,杨明退到西贡潮州公立同心中学工作。他原本是校长,这时越共当局任命了新校长,他只能担任副校长。杨明很快就发现,他连中学副校长的工作也难以适应,因为越共要求以他们的意识形态教育学生, 培养学生。杨明在经济上也日渐陷入困境。在越共的体制下,工资非常低,杨明的收入难以维持全家的生活。他不得不靠着变卖家中的东西勉强维持生活。

就这样，在越共进入西贡之后，杨明艰难地在那里生活了三年。到了 1978 年，由于越共与中共的关系越来越紧张，越共在越南排华。不仅普通的华人受到种种迫害，就连越南共产党内部的华人党员也遭到开除以至被捕。

在越南的大批华人开始外逃，形成越南的第二次难民高潮。杨明也加入了逃亡的行列。

杨明说，当时逃亡有两条路，一条路是乘船偷渡到泰国、马来西亚，黑市的价格是每人要付黄金 12 两；另一条路是通过陆路逃亡到中国，黑市的价格是每人黄金二两。

在万般无奈之下，杨明变卖了所有的家产，选择了水路出逃，成了“船民”。

杨明深为惋惜的是，他向来爱书，家中丰富的藏书无法带走。尤其是几千册中国线装古书，只能忍痛留在西贡。爱书的他，在亡命之旅中，身边仍带着一册司马迁的《史记》精华本。

偷渡的时候，在蛇头的安排之下，他挤在一条小木船上，趁着夜幕离开了越南，成了“船民”。所有的偷渡者都明白，如果遭遇越南人民军的巡逻艇，谁都死路一条。

那是杨明永远难忘的日子，小木船在海上漂流了四天四夜。总算上苍保佑，这条小木船终于顺利抵达马来西亚。

一到马来西亚，杨明就被送进了难民营。这些越南难民，在简陋的难民营里等待联合国官员进行“分配”。有的在那里等了几个月，有的甚至呆了几年。

杨明由于英语流利，一进难民营，就担任联合国官员的翻译。他只在难民营里呆了 40 多天，很快就获准“分配”。当时，要他填写“志愿”，他可以去美国，也可以去欧洲或者澳大利亚。杨明不愿意去美国，也不喜欢欧洲，而是选择了澳大利亚。

当时，澳大利亚政府为了接纳越南难民，悉尼郊区卡巴玛达市和墨尔本郊区瑞奇蒙建造了“招待所”——公寓。杨明被安排在卡巴玛达市附近的“招待所”住下。

为了逃出越南，杨明已经尽其所有。到了澳大利亚，已经身无分文。为了维持生计，他在一家烟草工厂当清洁工，拿起扫把扫地，自嘲此乃“斯文扫地”！

渐渐地，杨明在卡巴玛达市的生活开始安定下来。他发现，在越南难民之中，差不多有一半是华人，他们的子女在卡巴玛达市无法就读。杨明在越南有着办学经验，于是重操旧业，在卡巴玛达市办起了华文育英学校，自任校长，解决了华人子女的就学问题。

越南难民们在生活安定下来之后，很多人开始经商，在附近开设商铺，逐渐形成了越南城。

在中华文化研习所

杨明教授演奏二胡

当杨明先生与我谈话的时候，一直有杨明的两位朋友在侧，那就是杨明先生的好友、澳大利亚书法协会会长张志力先生以及一位跟随杨明先生学习古筝的小姐。

杨明先生为什么会有书法界的朋友、音乐界的弟子呢？

原来，杨明先生在创办华文育英学校之后，又创办了“中华文化研习所”，教授书法、古筝、文史知识等。

很难得，杨明先生是一位琴棋诗画无一不通的学者。他的书法，我已经从他家进门处的“涉趣园”三字领略了。他又怎么会教授起古筝呢？

杨明先生领着我参观他的琴房。真是出乎意料，在这属于西方国家的澳大利亚，我居然见到诸多东方乐器——古筝、二胡、琵琶。

我端详了他的古筝，然后问：“你认识项斯华吗？”

他露出惊讶的神态，反问道：“你认识项斯华吗？”

我点头，说道：“当年，我在电影厂担任导演的时候，曾经为项斯华拍摄过由她演奏的京剧唱腔音乐《文姬归汉》。她用的筝，是‘改良筝’。”

项斯华乃中国古筝第一人，最著名的中国古筝演奏家，如今旅居美国。也许是“项斯华”、“文姬归汉”、“改良筝”这几个专业名词能够从我的口中说出，他知道我对古筝有过接触，便从书房里取出项斯华所著的古筝琴谱。

打开琴谱，扉页上贴着一张彩照，那是杨明先生在香港与项斯华以及她的先生的合影。在项斯华所著的古筝琴谱中，最后一曲，便是《文姬归汉》。

杨明先生告诉我，他非常崇敬项斯华。如今，他就是以项斯华所著的古筝琴谱作为教材，教授学生学习古筝。

我又细细观赏了他的一大排二胡。我告诉杨明先生，我也认识闵惠芬，为她拍摄过京剧唱腔音乐《空城计》、《柴桑口》（即《卧龙吊孝》）和《文昭关》。闵惠芬是中国二胡第一人，最著名的中国二胡演奏家。我从小喜爱二胡，从刘天华、瞎子阿炳的《良宵》、《病中吟》、《光明行》、《二泉映月》、《空山鸟语》，到广东音乐《彩云追月》、《步步高》、《金蛇狂舞》、《梅花三弄》，都很喜欢。

我冒昧地请杨明先生为我们当场演奏。杨明先生欣然答应，请他的夫人演奏古筝，而他以二胡伴奏。一曲《寒鸦戏水》，回肠荡气，使我大有“如闻仙乐耳暂明”之感。

曲终，请杨明夫妇再奏一曲《春江花月夜》，优美而典雅的旋律在空中回荡，三日绕梁。

接着，杨明先生又用琵琶独奏瞎子阿炳的《大浪淘沙》。令我感动的是，他到了澳大利亚之后才开始学习琵琶演奏的，居然能够达到如此娴熟的境界，真是不易。

杨明教授用琵琶独奏

倾听杨明教授的琵琶演奏

杨明先生深厚的中华文化底蕴，来自何方？他跟我说起了他的父亲。

杨明的父亲是一位中医，所以从小就跟父亲学习书法，读古文。父亲行医颇有名气，越南西贡的病家请他前去诊治，便留在了西贡，在那里行医，并开了药店。1939 年，日本飞机轰炸广东汕头，杨明全家都逃难到越南西贡。杨明共有十个兄弟姐妹，他是长子——在他之上，有个姐姐。

父亲后来在越南西贡开了纱厂，招收了许多工人。工人在下班之后无事可做，有的人沉溺于赌博。父亲为了丰富工人的业余生活，聘请了乐师，教工人们拉琴。音乐的气氛也感染了杨明。就在那个时候，他学会了演奏二胡、古筝。

杨明酷爱读书。大量读书，加深了他对于中华文化的理解。

即便是到了澳大利亚之后，他刚从赤贫中解脱出来，便开始买书。他说，人家买菜，他则买书。日积月累，他家藏书

悉尼新建的潮州会馆相当气派

作者夫妇与杨明先生(中)

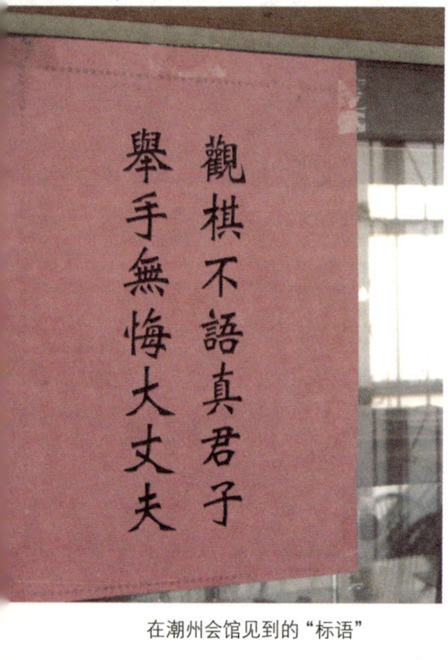

在潮州会馆见到的“标语”

如今竟然多达一万多册。每一回前往中国大陆,他看见好书,总要带回悉尼。比如,他非常崇敬中国的记者、作家曹聚仁,看到曹聚仁的五卷采访笔记,当即买下。

杨明先生在他的中华文化研习所里讲中国文史,教中国民乐,授中国书法,使许多在澳大利亚成长的华人子弟得到博大精深的中华文化的滋养。

自从越南走上革新开放之路,他当年的学生邀请他回越南观光。当年冒死逃离越南的他,终于也两次回到越南。他说,越南已经发生很大的变化。在他的学生之中,也有人成为大老板。

杨明先生说,在越南华人之中,潮汕人很多。他热心于为潮汕乡亲服务。“相知无近远,乡音总关情。”他是悉尼潮州同乡会的元老之一。他带领我们去参观位于卡巴玛达市的潮州会馆。他是这座潮州会馆的创建人之一。潮州会馆是一座中式建筑,金碧辉煌,是澳大利亚众多的潮州企业家捐资建造的,成为澳大利亚潮州人的联络中心。

杨明先生还带领我们参观卡巴玛达市的“华裔相济会颐养院”,他也是这座颐养院的创建人之一。

所谓颐养院,也就是养老院。这座“华裔相济会颐养院”专门收养华人老者。步入这座颐养院,我见到亭台楼阁,鸟语花香,老人们在此安享晚年之乐。颐养院始建于1994年,历时两年完成。颐养院当时总投资250万澳元,除了政府出资一部分之外,很多资金由募捐所得。

颐养院的总面积达4000平方米,拥有30套老人住房,还有餐厅、花园、健身房等等。

我参观了这座颐养院,发现每位老人的住房门外都挂着一块金牌,上面写着捐资者姓名,以作纪念。这里的老人最年长的99岁,最“年轻”的78岁。我看望了99岁的老奶奶,她居然能够说出全院老人的姓名,还能说出谁住在几号房间。

杨明教授请我们吃了一顿别有风味的越南餐

华裔相济会颐养院大门口

这家颐养院的院长，是一位上海人。他跟我用上海话交谈。他说，卡巴玛达市的很多华人长者都想到这里来，只是房间有限，只能按照登记的先后为序等待入院。我问，入院要交多少费用？他说，老人交出政府发给的部分退休金之后，剩余的部分还可以作为零用钱。

那天晚上，杨明先生要设宴招待。他问，喜欢中餐、西餐还是越南餐？我选择了越南餐。于是，他带领我们到卡巴玛达市的越南餐馆“好好饭店”吃了一顿别有风味的越南餐。

在颐养院与九十九岁老人合影

我把从上海带来的《爱国的“叛国者”——马思聪传》一书送给了杨明先生。在“文革”中，身为中央音乐学院院长的马思聪先生无法忍受红卫兵的暴行，从广州挤上偷渡小艇，冒着生命危险来到香港，转往美国定居。在“文革”之后，马思聪的冤案终于得到平反。在我看来，杨明先生就是“越南的马思聪”。

“川妹子”和她的百年老屋

悉尼女作家胡仄佳家的百年老屋

在悉尼理工大学作讲座的时候，我结识了悉尼女作家胡仄佳。在离开澳大利亚的前夕，我应邀前往她家中做客。

李剑云先生驾车陪同我和妻去看望胡仄佳女士。他对悉尼熟门熟路，在浓重的夜色中，从阿什菲尔德往东，沿着伊丽莎白大街行驶，在悉尼大学附近拐进一条小路，虽说他也是第一次去她那里，在这条安静的小路上很快就按照门牌号码找到了胡仄佳的家。

听见外边有汽车的响声，胡仄佳女士就从家里出来，开门迎客。来澳大利亚多日，我已经能够识别维多利亚时代房子那种富有装饰性的铁栏杆的特色，一眼就看出，她家的房子属于维多利亚时代的老房子。

胡仄佳女士领着我进门，她的丈夫伊恩就迎了上来。伊恩先生是新西兰人，用西方的习惯待客。我们刚在底楼的客厅里坐定，他不是问：“红茶还是绿茶？”却问：“红酒还是威士忌？”我是一个烟酒不沾的人，这时候按照礼节接过主人斟好的酒杯，拿在手中，抿了几小口。他还拿出一盒点心，招待客人。

伊恩先生是化学家，跟我可以算是同行。他的舅舅艾伦·G·马克迪尔米德出生于新西兰的马斯特顿，后来加入美国籍，在宾夕法尼亚大学担任化学教授。2000年，他的舅舅和美国加利福尼亚大学艾伦·J·黑格教授、日本筑波大学白川英树教授因为对导电聚合物的发现和发展而共同荣获诺贝尔化学奖。他受舅舅的影响，也致力于化学研究，并取得成就。伊恩先生告诉我，他与中国吉林大学建立了合作关系，在那里设置了以他的名字命名的化学实验室。

客厅的四壁挂着许多油画。胡仄佳指着这些油画说，她的本业是美术，而文学创作只是她的业余爱好。

作者夫妇做客胡仄佳家中，与她的丈夫伊恩先生（右一）一起合影

胡仄佳告诉我，她是“川妹子”——四川成都人，原本喜欢文学，但是父亲以为在中国做文字工作太危险，不小心就会成为政治运动批斗的对象。于是，她改学相对比较“安全”的绘画。1982年，她毕业于四川美术学院绘画系油画专业。她毕业之后曾经做过军械修理厂描图工，艺术教育师范美术教师，报社摄影记者和美术编辑。她对于美术的爱好，促使她痴迷于收藏、研究黔东南的苗族刺绣。1989年，她应邀赴澳大利亚举办苗族刺绣个人收藏展，并移民海外。她与伊恩组成了异国婚姻家庭。1992年她移居新西兰。

年轻时播撒在心中的文学的种子，在安定而美丽的环境中发芽了。1997年，她开始文学创作，主要是写散文，在新西兰以及澳大利亚的华文报纸上发表。在这里，文学再也不是“危险”的职业，用不着担心“阶级斗争”，写作成了她抒发对故乡、对祖国的回忆、对新西兰和澳大利亚的心灵感受的途径。2000年，她的第一本散文集《风筝飞过伦敦城》，由花城出版社出版。接着，在2003年，她的第二本散文集《晕船人的海》，由百花文艺出版社出版。2006年，她的第三本散文集《天堂里的孩子——成长在澳洲新西兰》，由新蕾出版社出版。

她的作品多次获奖：《风筝飞过伦敦城》荣获台湾华侨救国联合总会90年华文著述奖文艺创作散文佳作奖；《晕船人的海》获2004年第六届成都金芙蓉文学奖；散文《梦回黔山》获美国《世界日报》主办的第一届新世纪华文文学奖的首奖。

她送给我《晕船人的海》一书，我发现，她的散文以女性的细腻的笔触，写出了她眼中的海外风情，而且图文并茂。那些图片，都是她自己拍摄的，不仅画面优美，而且构图、采光、色彩都很具艺术性。

胡仄佳拿出了一大叠她拍摄的风光照片给我看。正巧我和李剑云先生都喜欢摄

悉尼教堂剪影

影，细细端详她的摄影作品，分享着她的创作成果。她说，由于她是学美术出身的，所以一端起照相机，就会很注意画面的构图。很多摄影家拍摄的照片要经过剪裁才能得到满意的构图，而她的照片不经剪裁那构图都很不错。同样，对于光与色彩的运用，她也得心应手。其实，摄影艺术与绘画艺术是相通的。有了扎实的绘画艺术基本功，她的摄影作品当然也就颇具美感。

她说她的写作是很随意的，而不是刻意的追求。也正因为这样她的散文差不多都是有感而写，是生活中的美引发了她的写作激情，所以她的散文是感情的自然流露。不论是在新西兰，还是在澳大利亚，用中文写作，是难以维持生计的。正因为这样，在这里，依靠写作的她无法成为“赚大钱的经济动物”，而只是一种个人的兴趣爱好。唯其如此，她的散文更加显得纯真。

我们在客厅里聊了一阵子，她带领我参观她的书房。她的书房也在底层。走过餐厅，走过厨房，便来到书房。书房里的书柜放满图书，而宽大的桌子上安放着电脑。她特地指着天花板上的一个方形突出物告诉我，那是喇叭。这座房子的每一个房间都安装了立体声喇叭。一旦从 CD 机里播放音乐，整座房子里都飘荡着音符。

她的如此现代化的房子，很难看出维多利亚时代百年老房子的影子。她告诉我，当年她和丈夫是从一对德国夫妇手中购买了这套房子。这房子确实是维多利亚时代的百年老房子。对于年轻的澳大利亚来说，这座房子已经属于历史性保护建筑。在这个小区里，这样的老房子已经很少。那对德国夫妇对房子进行了现代化装修——按照政府的规定，只能在内部进行装修，外墙是不允许改变的。这对德国夫妇对房子进行了彻底的改造，他们所花费的装修的钱，甚至超过了当时他们购买这幢房子所花的钱。这些音响系统设备，就是他们安装的。他们还在后花园里砌了游泳池。德国人办事非常认真。游泳池的装修起初没有按照他们的要求去做，他们就全部推翻，重新装修。只是车库小了一点，只能停放一辆轿车。为此，这对德国夫妇从德国进口了一套机器，转动之后，能够把一辆轿车抬升，让另一辆轿车进来。只是政府部门没有同意他们在老房子里安装如此大型的设备，很可惜，他们那一整套进口的设备不得不报废。

她说，这对德国夫妇原本打算在这里永久居住，所以才如此精心地进行装修。后来由于事业上的变故，他们不得不离开悉尼，也就忍痛卖掉这幢房子。当时，打算买这幢房子的，在她和丈夫之外，还有一对老年夫妇。这对老年夫妇先与德国夫妇商议购房之事。不过，这对夫妇已经上了岁数，而这幢房子是三层楼房，以为上下楼太吃力，提出要在房子里安装电梯。这也是一项大工程，要改动房屋的结构，未获政府部门同意。无奈，那对老年夫妇只好放弃了购房计划。于是，她和丈夫伊恩就与德国夫妇签约了。德国夫妇向她和丈夫移交了一大堆图纸——装修图纸。她和丈夫看了那些经过精心设计的装修图纸，非常感谢那对德国夫妇为装修这幢房子所花费的精力。2004 年，她和丈夫伊恩吃“现成饭”，不必对房子再进行装修，轻轻松松就搬了进来。

我发现，由于是老房子，底层的层高远远超过现在悉尼新建的房子。胡仄佳带领着我们上楼参观。楼梯是在倾斜的铁架上安装了一块块深褐色的木板。她告诉我，这是硬度极高的原木。经过那么多年的使用，仍像新的一样，足见那对德国夫妇选料的考究。二楼是卧室。

她指着一间卧室告诉我，她与伊恩结婚之后，生下混血的儿子，长得高大而英俊，那间便是儿子的卧室。她是一个直率的人。她说，她的第一次婚姻所生下的大儿子，如今也移民到澳大利亚上大学。

再走上同样的木板铁梯，上了三楼。那里也有一个客厅和厨房，还有一个大阳台。阳台上安装了一把大阳伞，伞下是餐桌和椅子，旁边是烧烤炉。胡仄佳说，她原本打算请几位文友与我在这里相聚，一边烧烤，一边聊天，由于我只能在夜里来访，所以也就无法一起在这大阳台上享受日光了。

当我们重新回到底楼，胡仄佳带着我参观她家前、后花园以及一个在书房之侧的花园。可贵的是，在这三个花园里，长着四棵参天的百年大树，给这百年老屋增添了绿色与诗意。

历史名城墨尔本

夜航墨尔本

作者在悉尼大学

悉尼大学图书馆里的中文书刊

应墨尔本市华文作家们的盛情邀请，我和妻从悉尼飞往墨尔本。我们经过轻装，只带一只小的拉杆箱前往那里，箱子里放了十来卷《叶永烈纪实文集》送给墨尔本的文友们。

悉尼的国际机场与国内机场虽说都在悉尼市区的西南面，却是不同的机场，国内机场比班克斯敦国际机场离悉尼市区稍远。这是我第一次乘坐澳大利亚国内航班。考虑到我没有去过悉尼国内机场，澳大利亚华人团体联合会的李剑云先生不辞辛苦，驾车送我和妻前往那里。

墨尔本市华文作家协会给我和妻买好电子机票。我们乘坐的是晚上7时15分的航班。那天下午，我在悉尼大学图书馆看书，就与李剑云先生约好下午4时半在悉尼大学校门口汇合。李剑云先生非常守时。下午4时半，他的那辆紫红色的宝马跑车准时出现在悉尼大学校门口。不过，他不是从门口的大马路转弯进来，而是从学校里面开过来。他告诉我，他的女儿曾经在悉尼大学就读，他经常来悉尼大学，所以对这里格外熟悉。他从一条更近的路驶进悉尼大学另一扇校门，穿过校区，开了过来。

那天是周末，李先生担心堵车。还好，从悉尼大学到悉尼国内机场，轿车大约行驶了半个多小时，就顺利到达了。由于机场那里停车诸多不便，我和妻一下车，就请李先生赶紧驾车回家。

我和妻手中没有任何机票，只有一张写着航班号的纸条。我们来到电子机票检票处，出示了护照，检票小姐马上给了我们两张登机牌，手续非常简便。只是那登机牌不是硬纸片，而是打印的纸条。

这里的安全检查也很迅捷。当我把黑色的背包放在X光机的传送带时，安全检查员只问了一句：“包里有手提电脑吗？”我摇头。按照这里的规定，倘若携带手提电脑，需要打开检查。

在中国国内乘坐飞机时，那安全检查门的灵敏度太高，我每一回走过的时候，即使拿掉了手机、名片盒、钥匙，仍会发出嘟嘟声，因为我的腰带的扣子是金属的。在悉尼国内机场，我走过安全检查门，没有发出嘟嘟声，很顺利就通过了。

离起飞的时间尚早，我和妻在机场里转了一圈。我在机场书店里见到最近一期的美国《时代》周刊，封面刊登了胡锦涛主席的照片。

我发现机场内有一个很大的餐厅，聚集着十多家快餐馆。我和妻还没有吃晚饭，就在机场餐馆吃晚饭。通常，中国国内的机场餐馆的价格都很贵。记得，我和妻在20多天前从重庆飞回上海的时候，曾经在重庆机场吃过一顿饭——那里一碗很普通的面条，卖58元，真有点离谱。悉尼国内机场的餐馆价格，只略高于机场外的餐馆。

我和妻来到登机口。我们所乘坐的是“Virgin Blue, com. au”的航班。这家“蓝色的处女”航空公司，除了飞机的机翼以及尾翼是白色的之外，整个机身全部漆成大红色，看上去像架消防飞机！在机头两侧，画着一个戴草帽、穿三点式比基尼的金发女郎，双手中持一面迎风飘扬的深蓝色澳大利亚国旗，这大约就是“蓝色的处女”航空公司的标志。

看来，不光是中国人把红色作为吉庆的颜色，澳大利亚人也喜欢红色，即便是“蓝色的处女”航空公司也不用蓝色作为标志色，而是选择了红色。正因为这样，机场里所有“蓝色的处女”航空公司的指示牌、登机口的检票处，也都是鲜红色。

我们乘坐的“DJ882”航班提早登机。进入机舱，出现在眼前的是黑红两色——所有的座椅用的是皮面，两边黑色，中间

悉尼大学图书馆里有整套《新青年》杂志

在悉尼大学与中国留学生合影

机身全部漆成大红色，看上去像架消防飞机

机头两侧各画着一个戴草帽的前卫的金发女郎

墨尔本市中心

红色。这是一架波音737–800型客机，坐位宽敞，每个坐位前都有一个液晶显示屏。虽然悉尼与墨尔本之间，差不多半小时就有一个航班，飞机的上座率还是相当高，几乎满座。这大约是由于从悉尼乘坐火车大约需要十几个小时，太累，所以很多人选择了乘坐飞机。

我环顾四周，乘客们各种肤色都有。我的邻座是一位印度小姐，她彬彬有礼地跟我和妻打招呼：“去墨尔本度假？”

飞机提前五分钟起飞。这时，从飞机上望去，窗外已经一片墨黑，万家灯火。

金发的空中小姐推着小车来了。澳大利亚的国内航班，供应的饮料、食品都是付费的，不像中国的国内航班免费供应饮料、食品（除了实行低价机票的春秋航空公司的航班之外）。我买了一瓶矿泉水，2.5澳元，这与市场价一样，并没有因在飞机上供应而涨价。当然，折合成人民币，相当于16元人民币一瓶矿泉水，算是“高价”的了。飞机上供应的点心，大约是5~8澳元左右。

窗外一片漆黑。由于连日的劳累，我在飞机上很快就睡着了。直到飞机着陆时的强烈晃动，摇醒了我。

这架飞机飞得很快。原定8时45分到达墨尔本，却在8时15分就到了，只飞了1小时零5分钟。

飞机降落在墨尔本塔拉玛林（Tullamarine）机场。这里既是国际机场，又是国内机场。国际航线和国内航线在同一座候机楼里，不像悉尼那样国际、国内机场是分开的。

飞往墨尔本的时候，从悉尼国内机场登机

澳大利亚的空姐在演示

墨尔本机场

船长和他的山坡房子

作者在墨尔本机场

墨尔本机场的高速公路入口处

由于飞机早到，我和妻在墨尔本塔拉玛林机场出口等了一会儿。在明亮的灯光下，我见到墨尔本机场的交通十分方便，机场出口处就有公共汽车站以及一大排出租车。

虽说墨尔本在悉尼南面，按照南半球的气候规律，应当比悉尼冷一点。然而，凭我的感觉，墨尔本的气候跟悉尼差不多。

没一会儿，我见到一位穿一件T恤、身体壮实的中年人匆匆走来，手中拿着写了“叶永烈”三个字的纸头，我立即跟他打招呼。他便是墨尔本作家阿森。他连连为自己晚到而表示歉意，而我则连连说，这是飞机早到的缘故。他的手粗壮有力，一下子就夺过我手中的箱子，领着我和妻子穿过马路，来到停车场，来到他的黑色轿车前。他说，欢迎到他墨尔本家中做客。

阿森一边开车，一边用上海话跟我交谈，使我在异国他乡感到格外亲切。

车外一片黑黝黝的。轿车在高速公路上飞驶。

阿森告诉我，墨尔本的总人口比上海少，只有370万，但是由于居民们所住的大都是一层或者两层的别墅式房子，城区面积相当于四个上海那么大。墨尔本塔拉玛林机场在墨尔本市中心的西北22公里处，而他家所在的唐卡斯特（Doncaster），则在墨尔本的东南方，呈对角线，需要斜穿墨尔本城区，大约要将近一个小时。他这么大老远地前来接我，使我深受感动。

阿森很健谈。他说，墨尔本的汽车拥有量将近500万辆，除了一部分公用车辆之外，人均拥有的私家车超过一人一辆。所以，墨尔本是一个车轮上的城市。

阿森从上海来到墨尔本已经将近 20 年，墨尔本已经成为他的第二故乡，所以对墨尔本充满自豪感。他说，墨尔本已经连续九年被总部设在华盛顿的国际人口行动组织 (Population Action International) 评选为“世界上最适合人类居住的城市”。墨尔本地处澳洲大陆的最南端，面对大海，空气洁净，绿化面积大，气候宜人。墨尔本的绿化面积达 40%。这里早晚凉一点，中午热一点，平日总是在轿车里放一件外衣，早晚外出时套一下，中午通常穿短袖或者一件长袖衬衫就够了。一年四季，墨尔本夏天的日间气温最高也有 30℃多，但是昼夜温差大，晚上就会凉下来至 12℃左右，所以夜间仍要盖被子。墨尔本的冬天不太冷，日间气温通常在 10℃以上。墨尔本冬天并不下雪，但墨尔本的周围的高山上会有积雪，成为滑雪的好地方。

通往墨尔本机场的高速公路上的大桥

作者与墨尔本作家阿森（右）合影

阿森告诉我，悉尼是一座商业气息很浓的城市，而墨尔本曾经是澳大利亚的首都，有着深厚的历史文化底蕴。如果说，悉尼是南半球的纽约，那么墨尔本就是南半球的伦敦。他庆幸自己选择了墨尔本，居住在这里自由自在，无怨无悔。在墨尔本，心态非常平和，与世无争。他指着路边的一幢幢被花园、草坪包围的别墅式房子笑道，我们这里是“乡下”。

阿森说，墨尔本的物价也比悉尼低，总体上大约要低三分之一的样子。

如诗如画的墨尔本

阿森也说起墨尔本近日的困惑，那就是大旱。尽管墨尔本临海，但是已经连续几年出现严重的旱情。墨尔本政府号召居民节约用水，不得用水浇草坪，一周只可浇花两次且得在晚间 8 时之后，而且不可用自动喷水器浇花，居民们都自觉遵守。另外，居民们也不再手持橡皮管用自来水冲洗汽车。

据说在墨尔本洗澡时不许唱歌，因为唱歌唱得高兴会一直洗，洗个不停，浪费很

墨尔本是一个车轮上的城市

历史名城墨尔本也有现代建筑

多的水。

正聊着，阿森把轿车拐进一条小路，意味着他家快要到了。

轿车刚刚停稳，阿森太太就迎了出来，也用一口上海话跟我们交谈，非常热情欢迎我和妻来到她家。

墨尔本是丘陵地带，阿森家在一座平缓的山坡上。他的家依坡而建，形成一幢“斜躺”着的四层楼房。用上海的建筑概念来看，是一种错层结构。正因为是“斜躺”在山坡上，并没有给人以通常的四层楼房的感觉，而且每一层的面积也各不相同。

阿森和他的太太带领我们参观温馨的家。底层是两间车库，都有卷帘门。阿森却没有把轿车停到车库里。他说，明天一早就要用车送你们浏览墨尔本，还是停在外面方便。他告诉我，这里非常安全，从未发生过盗窃案件。家家户户都没有安装防盗铁栅。

阿森说，澳大利亚不像美国，不许私人持有枪支。前些日子，美国发生震惊世界的校园枪击案。在澳大利亚就不会发生这样的事。

从车库旁边的台阶走上去，便是房子的正门。一进门，便是一个很大的客厅，铺着地毯，地毯上放着一整张白色的带毛的牛皮。客厅的墙，用赭红砖本色，显得庄重大方。客厅里除了一套深咖啡色的皮沙发之外，还安放着两台钢琴。阿森说，他的儿子从小学习钢琴，琴艺优秀，多次在墨尔本、在澳大利亚的比赛中夺冠。我以为他的儿子一定在音乐学院学习，阿森却说，儿子在医学院深造，音乐只是儿子的业余爱好。由于儿子在外地学习，家中听不见他的琴声，有点冷清感。

再上几级台阶，便是主要的一层。这里有一个客厅，一个餐厅，一个灶间以及主卧室。阿森还特地打开儿子的房间给我看：从一扇门进去，一条短小的走廊两侧有五六间的房间，分别用作儿子的书房、卧室等。

阿森领着我再上一层楼，便是一间大卧室和一个卫生间，让我和妻住在这里。

尽管我和妻已经在悉尼机场吃过晚餐，阿森夫妇仍以丰盛的晚餐招待我们。他特地准备了在上海不大能够吃到的新鲜的三文鱼生鱼片，很嫩的火鸡肉，澳大利亚特色色拉，澳大利亚粉肠。

用餐毕，阿森太太又拿出澳大利亚的“苹果梨”让我们品尝。这种“苹果梨”是苹果与梨嫁接之后的果实，又甜又酥。

阿森太太一边洗碗一边说，如今的洗碗水不能从下水道流走，而是积蓄起来，用来浇花。

在吃饭的时候，我偶然见到墙上安装着对讲机。阿森告诉我，家里的房子大，房间多，有时候吃饭时大声呼喊，儿子听不见，又不知他在哪个房间，干脆在每个房间都安装了对讲机，“总台”一广播，每一个房间都能听见！

我的妻子问，这么大的房子，有没有雇人收拾？

阿森太太说，这里几乎没有灰尘。沙发、桌子，几个星期没有擦洗，依然干干净净，用不着像在上海那样天天打扫。

阿森原本是上海的万吨轮船长，在 1988 年闯荡澳大利亚。经过几年艰苦创业之后，在 1992 年把太太从上海接来，从此在这里安家。阿森在墨尔本开办了公司，生意做得不错。他在业余喜欢写作，而且喜欢与墨尔本志同道合的文友们一起切磋。他在平静中写作，在自由的环境中写作。他的写作是用心说话，全然是为了兴趣与爱好，全然是为了倾吐自己的心声。

阿森最具成就感的，不是他的企业，不是他的创作，而是他培养了一个拔尖的儿子。他告诉我，儿子在医学院学业名列前茅，何况又是优秀的钢琴选手。看得出，他对儿子充满了期待和希望。他坚信，下一代一定胜过他这一代。

在阿森家底楼客厅

作者住在阿森家

游历“花园之城”

阿森家的正对面，是一大片绿色的草地

在阿森家门口合影

在阿森家一起用早餐

昨夜临睡时，阿森曾经关照，房顶常有松鼠光顾，发出沙沙声，请别介意。清早，未曾听见松鼠的沙沙声，倒是在一片鸟鸣声中醒来。那清脆的鸟叫，使我记起上海著名笛子演奏家陆春龄演奏的《百鸟朝凤》。

掀开窗帘，我顿时被窗外一片绿色的“海洋”所倾倒！昨天夜里，在黑古隆冬之中，来到阿森家，并未见到他家周围的环境。这时，我见到阿森家的正对面，是一大片翠色可餐的草地，有几个足球场那么大。这草地略有起伏，看上去像高尔夫球场。我见到一位老人，正牵着一只狗，缓缓地在草地上散步。

由于连日大旱，墨尔本又是艳阳当空。朝阳给满目苍翠的草地镀上一层亮丽的金光。窗棂成了画框，呈现在我眼前的是一幅美不胜收的油画。

当我下楼时，阿森夫妇也早已起床。阿森说，墨尔本到处是草地，到处是花园。墨尔本市有着400多处公园、花园。正因为这样，墨尔本有着“花园之城”的美誉。

阿森家的早餐，富有上海风味。她的太太煮了上海的小馄饨，蒸了上海的小笼包。我问，是不是超市里买的？阿森太太说，是从一位上海人家里买的。那位上海人来此，每天包点馄饨，做点小笼包。没想到墨尔本的上海人不少，口口相传，就都到这家买。这样，身在异国，也算能够吃到家乡的点心。

我问阿森夫妇是不是经常回去？他们说，差不多每隔两年，总要回去看看，上海的变化真大。

早餐后，阿森驾车，带领我和妻游历墨尔本。

一路上，道路两边几乎全部是一两层的居民住房，掩映在苍翠的树木之下。

在高速公路之侧，一大片墓地一闪而过，被我及时“抓拍”了。我感到奇怪，在居民社区里，怎么会有这么多墓地？

澳大利亚人不忌讳墓地

阿森说，忌讳住宅旁有墓地，是中国人的传统观念。澳大利亚人不忌讳墓地，所以在住宅小区里会有这么多的墓。

偶然，我见两幢20来层的米黄色的楼房，显得非常突出。

墨尔本的越南街

阿森告诉我，这两幢高楼是20世纪70年代为接纳联合国分配的越南难民建造的。越南难民刚来的时候，一无所有。他们在墨尔本打工。很快地，人们发现，这两幢难民楼四周，停满了小轿车，因为越南难民们买了小轿车。又过了几年，人们发现，越南难民纷纷搬出高楼，因为他们在墨尔本买了新房子。当这两座高楼里的难民越来越少的时候，20世纪80年代末苏联解体、东欧易帜，又有一批新的难民来到墨尔本，住进这高高的难民楼。现在，这些新难民又逐渐搬了出去……

越南街上这两幢高楼是越南难民最初居住的地方

大约是由于在悉尼采访过越南难民，所以我对那两幢高楼甚为注意，当即拍摄了照片。阿森见我对越南难民问题这么有兴趣，就带我前往越南街。那条越南街街道两侧差不多都是两层的楼房，楼下是商铺，楼上是住家或者货物仓库。商铺的招牌，除了写着英文、越南文之外，往往还写着中文。这是因为在越南街里，也住着不少中国人。

澳大利亚是移民国家，这些移民来自不同的国家、不同的民族，而每一个民族都喜欢聚居在一起。澳大利亚政府充分尊重不同民族的移民，倡导多元文化，让他们建立各自的社区。这条越南街，便是因为越南人聚居而逐步形成的。

墨尔本的普通教堂

阿森驾车来到另一条街，那里邻近繁华的圣吉尔达

休闲之处圣吉尔达

墨尔本的圣吉尔达海滩

圣吉尔达清澈的海水

圣吉尔达海滩还有规模宏大的游乐园

(St.Kilda),告诉我那是犹太人的社区。犹太人的社区非常干净,房子大都是三四层的公寓房。阿森说,犹太民族很团结,喜欢好几家同住一幢楼,所以盖了许多三四层的公寓房。

犹太人善于经商,不少犹太人在墨尔本赚了大钱之后,开始进军墨尔本最昂贵的富人区托瑞克(Toorak),在那里买下豪宅。

在墨尔本,犹太人对上海人格外友善,其原因是在第二次世界大战的时候,希特勒疯狂屠杀犹太人,犹太人只得背井离乡,流离失所,成为难民。然而,纳粹到处追杀犹太难民,很多国家都不敢收留犹太难民,而上海却收留了一大批犹太难民。正因为这样,犹太人对上海人有着好感。

在墨尔本,还有中国城、土耳其街、葡萄牙街等等。据统计,在墨尔本欧美人约为70%,亚洲人约为8%,其他洲则为22%。

从犹太人社区一转弯,就来到了圣吉尔达。

圣吉尔达是墨尔本人最喜欢的休闲去处。阿森泊好车,带领我和妻走过一道位在草坪上的拱门之后,一望无际的碧海和金灿灿的沙滩就呈现在我的眼前。这宽广而又细软的沙滩,镶在墨尔本的海岸,绵延十公里。

我走过地毯般的沙滩,来到大海跟前。近看,那海水在旭日照耀之下,像玻璃一般晶莹清澈,可以见到水底的一粒粒细沙。远眺,那海水在一片深蓝之中夹杂着些许绿色,跟万里碧空融为一体。

墨尔本处于澳洲大陆的东南端,东面是太平洋,西面和南面是印度洋。圣吉尔达面对印度洋的霍布森斯湾(Hobsons Bay)。由于墨尔本重视环境保护,没有泥沙,更没有工业废水注入海湾,所以这里的海水如同矿泉水一般透明。

沿着圣吉尔达海滩,建造了一条水泥步行道。我沿着步行道漫步,不时有晨跑者从我的身边擦过。

据说,在黄昏时节或者夜晚,这里是情侣们约会之处。面对

皇家植物园前走过的庆贺母亲节的墨尔本妇女

大海，迎着海风，在这里谈情说爱，也许更有山盟海誓的意境。

沿着水泥小道走着，见到岸边一丛棕榈树中，矗立着一座青铜像。走近一看，那是库克船长的塑像。这位澳大利亚之父，正双目远望着面前的大海。

圣吉尔达海滩周日集市

走过库克铜像，我见到海堤上热闹非凡，一大排帐篷沿着海堤摆开，一望而知是一个临时性的集市。

阿森说，你们的运气不错，这个集市一周一度，在星期日才有，而今天正好是星期日。

这个“星期天市场”出售的是各种各样的民间艺术品。有造型各异的玻璃器皿，有形形色色的木雕，有富有装饰性而又色彩艳丽的澳大利亚油画。我见到一位华裔小姐正襟危坐，在宣纸上写字，出售她的中国书法作品。我和妻买了一只雕刻精致的澳大利亚土著人的木制飞镖，作为纪念。

开心的墨尔本人

在圣吉尔达海滩还有规模宏大的游乐园，我无暇光顾，只在“太阳神”大门前拍照留念。

步入墨尔本皇家植物园，满目苍翠

澳大利亚第一任总督的塑像

作者与爱德华先生塑像合影

上了车，阿森带着我们来到墨尔本皇家植物园（Royal Botanic Gardens Melbourne）。在那里，东寻西找，好不容易才找到一个停车位。皇家植物园在墨尔本市中心南面五公里的地方，这里的停车位原本不紧张。当我们见到数千名妇女排着长队从皇家植物园前走过，才明白了。原来，这天为了庆贺母亲节，墨尔本组织了妇女集体走路——不是长跑，也不是竞走，就是走路，因为她们平日以车代步，走路太少了，就以走路庆祝母亲节。皇家植物园门口，摆了供水摊。工作人员往一个个一次性塑料杯里灌进自来水，口渴的妇女们争着喝自来水，足见墨尔本的自来水品质很好，可以直接饮用。

步入墨尔本皇家植物园，满目浅绿、嫩绿、黄绿、墨绿，古木参天，亭亭如盖。皇家植物园免费对外开放，游人三三两两并不多，是个曲径通幽的所在。

墨尔本皇家植物园始建于1845年，占地40公顷，原本这里是一片原始森林，当时的行政长官查尔斯·拉丘伯对植物有浓厚的兴趣，决定由政府投资、社会集资修建植物园。如今，这里拥有三万多种奇花异草，特别是种植了澳大利亚本土的诸多植物。内中，居然还有专门的中国花园、中草药园。人们评价，墨尔本皇家植物园是全世界设计最好的植物园之一。

在墨尔本皇家植物园中有湖有鸟。黑天鹅、野鸭、海鸥在湖上嬉游，给寂静的植物园增加了几分动感。我见到一家澳大利亚人在湖边草地上铺开塑料毯子，老老小小一起野餐，其乐融融，却没有乱扔一张纸、一块果皮。

墨尔本的新人们，也喜欢到这充满生机的皇家植物园拍摄婚纱照。

游毕皇家植物园，阿森带领我们朝西南方向不远处的忠烈祠（Shrine of Remberence）走去。忠烈祠又被称为“战争纪念馆”，而阿森则按照中国的称呼叫它“烈士墓”。

沿途，是一大片、一大片草地和树林，间或矗立着一座座青铜塑像，其中有澳大利亚第一任总督的塑像——库克塑像。

忠烈祠是用花岗石建成的宏伟的埃及神殿式建筑，非常壮观而严肃，远远的就看到了。走过忠烈祠前宽广的大道，出现在我的面前除了主体建筑之外，还有一个高大的纪念碑和长明火。

那宽广的大道上，曾经聚集过 20 万墨尔本人，默默地为烈士们致哀、祈祷。

在澳大利亚的国土上，没有发生过战争，也没有一个国家把战火烧到澳大利亚。然而，澳大利亚却是英国、美国的忠实同盟者，参加过一次又一次在澳大利亚之外的战争，其中包括在 21 世纪参加美国发动的阿富汗战争、伊拉克战争。有战争就会有牺牲。建于墨尔本的忠烈祠，就是为了纪念那些在澳大利亚国土之外牺牲的澳大利亚将士。

高高耸立的纪念碑

忠烈祠建于 1928 年 7 月至 1934 年，最初是用来纪念在第一次世界大战中战死于欧洲的澳洲军团将士。

当时，向社会公开征集忠烈祠建筑设计方案。澳大利亚众多建筑师奉献了自己的智慧。当时，墨尔本政府总共收到 83 个设计方案，最终入选的是墨尔本的建筑师 Peter Hudson 和 James Wardrop。他们曾经亲身参加了第一次世界大战。他们的设计方案能够脱颖而出，是因为在所有的设计方案中是唯一使用了古老希腊的建筑风格，象征着民主发源地以及为了保卫自由民主而牺牲的澳洲军人。

高高耸立的纪念碑，顶部是六位军人抬着一块木板，上面平躺着一位牺牲的烈士遗体。从纪念碑下朝上看，见不到烈士的遗容，却只见到一双露在木板之外的军靴。这样的设计，可谓独具匠心。

忠烈祠是花岗石建成的埃及神殿式建筑

纪念碑旁的长明火，象征着烈士们的精神不朽。

我走上忠烈祠，见到大门口的站岗的警卫，还穿着第一次世界大战时期的警察制服，为的是让人们记住历史。

步入忠烈祠，中间是一个方形大厅，地面上铺着从 260 公里外的格兰屏山运来的大理石。在大厅正中央，是一个方形的凹坑，里面安放着一块方形花岗石，自上而下刻着：

Greater / Love / Hath / No Man

方形花岗石上刻着:“人为朋友舍命，人的爱心没有比这个更大的。”

忠烈祠的顶部,阳光从那里射入

这句话摘自《约翰福音》第 15 章节,原文的全文是“Greater love hath no man than this, that a man lay down his life for his friends”,意即“人为朋友舍命，人的爱心没有比这个更大的”。

阿森指着大厅上方的高高的方锥形的顶告诉我,上面有一个圆孔,可以让一束阳光射进来。每年的 11 月 11 日上午 11 时,这束阳光正好照在 Love (爱) 上。这是建筑师绝妙的构思,因为在 1918 年 11 月上午 11 日,在法国东北部贡比涅森林的雷东德车站，德国政府代表埃尔茨贝格尔当着协约国联军总司令福煦的面在停战协定上签字,宣布德国投降。建筑师正是以这样别出心裁的构思,纪念为第一次世界大战付出鲜血与生命的澳大利亚先烈们。这时,澳大利亚全国默哀一分钟,以悼念第一次世界大战的澳大利亚烈士。

我用照相机拍摄了那块花岗石,也拍摄了那方锥形的顶。只是无法等到 11 月 11 日上午 11 时,拍摄那金色阳光投射到金色的“Love”上的动人的一刹那。

在大厅四周是回廊。我沿着回廊走了一圈。回廊里陈列着第一次世界大战时澳大利亚各参战军团的军旗以及司令官的像片。

在第一次世界大战之后,澳大利亚又参加了一次次战争。为了纪念在这些战争中牺牲的战士,在忠烈祠外的纪念碑碑体上,刻着这一次次战争的名字和年代,从第二次世界大战、韩战、越战直至近期的波斯湾、伊拉克战争。

我目击着这一行行战争的纪录,仿佛在提醒人们:摒弃战争,拥护和平!

历史与现代在这里交融

圣吉尔达大道

墨尔本保留了古老的有轨电车

阿森在带领我们游了墨尔本的忠烈祠之后，便驾车朝墨尔本市中心进发。他告诉我，在墨尔本市中心，泊车很困难，通常他们进市中心，都是把车泊在市中心边缘，然后步行或者转乘公共汽车进去。考虑到我是初次前来墨尔本，阿森觉得还是步行进城为好，可以边走边看边拍照。

于是，在离市中心不远处泊车之后，阿森便领着我和妻步行前往市中心。令我感动的是，我带着一大包我准备赠给墨尔本的文友们的著作，阿森坚持由他来拎。他说，你从上海千里迢迢把书带到墨尔本，从这里到市中心这一点点路，理应由我负责。

阿森领着我沿着圣吉尔达大道步行。圣吉尔达大道是墨尔本的观光大道，一头连着圣吉尔达海滩，一头连着墨尔本市中心。

我见到有轨电车从街上驶过。我到过欧洲许多历史名城，见到这些城市都保留了具有百年历史的有轨电车。墨尔本也是如此。丁当作响的有轨电车似乎已经成为历史的象征，因为当今世界新建的城市都不会建造有轨电车，认为有轨电车的轨道有碍于汽车的行驶。

与众不同的是，墨尔本不仅保留了悠久的有轨电车，而且还专设免费的环城电车（City Circle Tram）。这种红色车身的“古董电车”，给墨尔本增添了一道流动的历史风景线。环城电车除了供墨尔本本城的居民代步之外，主要还是

古色古香的豪华马车

力与美的结合

奇形怪状的“雕塑”

亚拉河畔夜景

为前来观光的客人服务。免费环城电车十分钟一班,停靠在市中心主要景点。车上除了有景点的录音解说,车上的服务员也会热心地解答你的问题。

我还见到好几辆古色古香的豪华马车徐徐而过。那一阵阵“的的”马蹄声,仿佛把时光倒流到中世纪的英国。

墨尔本被深深打上英国的烙印。据阿森告诉我,墨尔本的许多地名,都能在伦敦找到。这是当年英国人来到墨尔本的时候,把伦敦的地名搬到墨尔本来,算是对远方的伦敦的一种怀念之情。

对于历史短暂的澳大利亚来说,墨尔本最有历史的底蕴。

在1835年之前,墨尔本基本上是没有人居住的。到了1840年,墨尔本的人口是一万人。1850年,整个澳大利亚人口只有四十万(当地土著人口未统计在内),墨尔本的人口是两万人。

墨尔本的大发展是在1851年,在墨尔本市郊巴拉拉特的素维伦山发现了金矿。顿时,大批的淘金者从四面八方涌到墨尔本。墨尔本的人口迅速增长,从1851年的29000人,猛增到1854年的123000人。这样,使得墨尔本成了美国圣弗朗西斯科之后的另一座淘金城市。华侨们原本称圣弗朗西斯科为金山,这时候被加上一个“旧”字,叫“旧金山”,而墨尔本则被华侨们称为“新金山”。

1901年1月1日,澳大利亚的六大殖民地的自治政府成立了澳大利亚联邦,成为英国的自治领地。这时,墨尔本成为澳大利亚的首都,成为澳大利亚的政治、文化中心。直至1927年,澳大利亚迁都堪培拉。

在悉尼人面前,墨尔本人一直以拥有比悉尼深厚的历史与文化而感到自豪。

然而,如今的墨尔本既有历史文化,又有现代化建筑。这是一座历史与现代交融的城市。

在圣吉尔达大道之侧,维多利亚艺术中心的裙角楼之上,矗立着白色的高高的尖塔,在阳光下格外醒目。维多利亚艺术中心相当于悉尼歌剧院,而建筑造型截然不同。维多利亚艺术中心拥有三个表演场所，即州立剧院、音乐厅和乔治菲尔费克斯剧场。

与维多利亚艺术中心相邻的是维多利亚国家美术馆。这里拥有澳大利亚最丰富的美术收藏品，总数超过七万件。这里经常举行画展。能够在这里展出美术作品，画家们都深为自豪。

墨尔本现代化建筑的代表作，是坐落在弗林德斯街上的摩天大楼丽奥图中心（Rialto Tower），共88层，总高253米，是目前南半球最高的商业大楼，也是世界排名前30名之内的高楼。由于这幢高楼内有许多层用于居住，所以又有“世界最高住宅楼”的美称。墨尔本作家王晓雨告诉我，他的女儿就住在这幢摩天高楼里。

维多利亚艺术中心

为了建造这幢摩天高楼，总共用了200多万吨的钢筋水泥，外观是用13000片蓝色的幕墙玻璃组成，再镶以白色的横条，蓝白相间，别具一格。

丽奥图中心是墨尔本的地标性建筑物，也成为观赏墨尔本全景的最佳旅游点。丽奥图中心的第55层，设有专门的瞭望平台。

丽奥图中心与维多利亚艺术中心相距不远，那一带高楼林立，形成了墨尔本的现代化建筑群。

阿森带领我们走到了圣吉尔达大道的尽头，一条大河横亘于面前，那便是墨尔本的母亲河——亚拉河（Yarra River）。

摩天大楼丽奥图中心

亚拉河是维多利亚州中南部的一条大河，源出东部高地马特洛克（Matlock）山，向西流至墨尔本。亚拉河在墨尔本城中蜿蜒地流过，又缓缓地流向郊外，注入霍布森斯海湾。

站在横跨亚拉河的大桥上，我见到亚拉河的河面宽广、干净。亚拉河与两岸的高楼大厦之间，有着长长的绿阴道。墨尔本人悠闲地在河边的露天咖啡吧里品尝着透着奶香的咖啡牛奶。

走过亚拉河大桥，便是墨尔本的市中心。

亚拉河在墨尔本城中蜿蜒流过

棋盘式的市中心

墨尔本的"宽街"

墨尔本市中心老楼的墙上挂着这座楼 1903 年时的照片

墨尔本的市中心，令我非常惊讶：墨尔本的市中心是非常工整的长方形。在这长方形的市中心，像棋盘似的均匀地分布着九纵九横十八条街道，纵横垂直均为 90 度，所有的街区都是四四方方的。

如此整齐的市中心，是因为先有规划后有城市，墨尔本的市中心是按照规划图严格施工的。

墨尔本始建于 1835 年，当时这里是一片荒地，一张白纸，便以当时英国首相名字墨尔本来命名这座待建的新城。为了建设这座新城，英国政府派出许多建筑师，为墨尔本做整体设计。所以，墨尔本市中心是按照规划图纸建设的城市。

墨尔本真是一座幸运的城市。就在墨尔本画好城市规划图，着手兴建之际，1851 年传出特大喜讯，在墨尔本发现金矿！蜂拥而来的淘金者，急剧增加的人口，迅速繁荣的经济，给墨尔本市的建设带来极大的助推力。于是，这座长方形的城市，在英国维多利亚女王时代，在亚拉河畔飞快崛起，建筑师的规划图很快就变成了一座新兴的城市。

来自英国的建筑师们不仅为墨尔本城区设计了整体规划，而且在这里建造了一幢又一幢英国维多利亚时代风格的大楼，把墨尔本建设成了南半球的伦敦，成为澳大利亚最具英国风情的城市。

历史短暂的澳大利亚，把百年建筑物均视为历史性建筑物，必须加以保护。于是，在墨尔本市中心，这些英国维多利亚时代的建筑物都得到妥善的保护。

我的讲座就在这座棋盘形的城市里举行。

跨过亚拉河,阿森带领我走进墨尔本市中心。首先映入我的眼帘的是一座鹅黄色外墙、绿色拱顶的宏大建筑。阿森告诉我,这是弗林德斯街火车站(Flinders Street Station)。

墨尔本古老的弗林德斯街火车站

墨尔本人所说的"火车",跟悉尼人所说的"火车"的概念一样,其实也就是城市轻轨。墨尔本市中心有两个火车站。眼前的弗林德斯街火车站,主要是墨尔本市内交通。另一个史宾沙街火车站(Spencer Street Station),则是名副其实的火车站,主要是通往维多利亚州城市以及澳大利亚全国主要城市。

阿森指着弗林德斯街火车站说,这个火车站跟英国伦敦的火车站是同一模式。1854 年,澳大利亚第一辆蒸汽火车就是从这里驶出。

我注意到弗林德斯街火车站拱形大门上,挂着一大排时钟。我以为大约跟宾馆总台背后的那些时钟相似,分别显示纽约时间、伦敦时间、巴黎时间、北京时间之类。可是细细一想,这里是墨尔本市内的车站,又不是国际机场,跟各国的时间有什么关系?阿森笑着告诉我,这些钟所显示的时间,分别是不同线路的列车即将开出的时刻,使旅客们在进门的时候,就知道离即将开出的列车还有几分钟。阿森说,伦敦火车站也挂着这样一排钟。

弗林德斯街火车站是墨尔本市中心明显的标志,而这一排挂钟又是人所皆知的所在。正因为这样,弗林德斯街火车站已经成为墨尔本人喜欢的碰头之处。他们相约的口头禅就是"在挂钟下方"(Under The Clock!)。

我来到弗林德斯街火车站的时候,正是顺光,这座鹅黄色的建筑物在蓝天的衬托下显得格外亮丽。然而,在弗林德斯街火车站斜对面,一座有着三个尖顶的哥特式建筑,却处于一片逆光之中。这便是墨尔本著名的圣保罗(St. Pauls)教堂,由英国建筑师威廉·巴特菲设计,建于 1891 年,是墨尔本最早的英国式教堂,整个外墙用青石砌成,坚牢而庄重。据说,这座教堂最初没有尖顶,在 1932 年才加上了三座尖塔,更加

墨尔本著名的圣保罗教堂

墨尔本市中心的联邦广场

谁丢了钱包?(墨尔本商业街所见)

壮观。

与相邻的古老的弗林德斯街火车站、圣保罗教堂截然相反,联邦广场(Federation Square)是墨尔本市中心最具现代派前卫风格、充满21世纪气息的新建筑群。

联邦广场建于2001年,是为庆祝澳大利亚联邦百年而特别兴建的,给充满历史性建筑的墨尔本带来崭新的建筑理念。

在我看来,联邦广场的两大视觉特色是“奇形怪状”和“五颜六色”。这里的建筑物,仿佛是用无比锋利又无比巨大的刀东砍一下、西削一下所形成的。设计师宣称,采用大胆的非对称建筑语言,突破了千篇一律的横平竖直,在空间关系上强调丰富的变化和千差万别。建筑外轮廓全部为斜面和折线,大楼表面形成一个个变幻的不规则折面,各个玻璃侧面组成许多相互交织的几何线条。建筑物的“怪”,充分体现了理念的“前卫”。

联邦广场是在1996年向世界征集设计方案,Lab建筑工作室的设计方案在竞标中力压群芳,一举中标。

Lab是英国伦敦的一个建筑工作室,创建于1994年,创办者是建筑师彼得·戴维森(Peter Davidson)和唐纳德·贝茨(Donald L. Bates)。他们的设计理念是“与众不同”与“和谐美满”。正是在这样的建筑理念指导下,他们设计了联邦广场。

联邦广场耗时六年,终于完工。联邦广场由11幢建筑组成,其中包括澳大利亚维多利亚国家艺术新馆,5个影剧院,2个博物馆,15个顶级的餐馆,还有众多的写字楼、画廊、商铺、咖啡馆。露天的圆形剧场可以容纳35000观众。所有这些都集中在一块3.6公顷的土地上,相当于为墨尔本建了一座新城区。

联邦广场已经成了墨尔本新的社会、政治、文化中心。

下午2时,我的讲座在墨尔本市中心举行。在阿森的介绍下,我有幸结识了众多的墨尔本华文作家,并与他们进行了亲切的交流。

墨尔本作家齐家贞女士非常热情地接待我,并赠我她的长篇自传《自由神的眼泪》。她出生于广东韶关。在极左的岁月,她曾经于1961年至1971年因“现行反革命集团案”被捕入狱达十年之久。在中共十一届三中全会之后,获得平反。1987年赴澳大利亚自费留学。如今，与丈夫一起在墨尔本经营加油站以及便利店，业余从事写作，成为当地的自由撰稿人。

齐家贞的散文《爱情树上的两片叶子》荣获“傅红文学奖”2005年度散文奖金奖。“傅红文学奖”是澳大利亚第一个以个人名字命名的中文文学奖。评委之一欧阳昱作出这样的评语：“《爱情树上的两片叶子》语言清新真切，通过一对异国恋人生动曲折的爱情经历，恰到好处地勾勒出恋人，特别是女主角的心理变化，情感处理得细腻而富质感，文字灵动而独具澳味。不落写得多而滥的爱情俗套，是不可多得的一篇上乘之作。”

作者的讲座在墨尔本市中心举行

我也结识了穿一件长袖格子红衬衫的作家王晓雨，他是墨尔本市华文作家协会主席。他是上海人，1988年毕业于上海师范大学中文系之后赴澳大利亚留学，如今定居墨尔本。他热心地邀请我住到他家。这样，使我跟王晓雨有了很多的交谈机会。

作者与墨尔本华文作家交流

《墨尔本日报》副社长黄惠元先生也出席了这次会晤，跟我作了交流。

在众多的来宾之中，我见到一位熟人——南京的诗人吴野。他原是南京《青春》文学月刊编辑，跟我有过许多交往。他告诉我，她的女儿在墨尔本，生了孩子，已经退休的他前来墨尔本探亲，看到当地报纸的报道，知道我来此做讲座，也赶来一晤老朋友。

作者与墨尔本华文作家合影，右二为齐家贞女士

我的讲座进行了两个半小时。我把一套《叶永烈纪实文集》送给了墨尔本的文友们。

讲座结束之后，王晓雨先生代替了阿森，陪我在墨尔本市中心漫步。王晓雨告诉我，墨尔本市中心这九纵九横18条街，并非一样宽，而是一宽一窄相间的。他领着我走过几条街，果真如此。比如紧挨着很宽的伯克街，便是一条窄窄的小伯克街；紧挨着很宽的科林斯街，便是一条窄窄的小科林斯街；在很宽的弗林德斯街之侧，是一条平行的窄窄的弗林德

墨尔本的“窄街”

墨尔本英国式拱廊商场里的漂亮地砖

墨尔本英国式拱廊商场里的豪华饰灯

墨尔本市中心的地下女厕所

斯巷……他说，英国建筑师在设计这座城市的时候，让宽的街作为主街，窄的街作为副街。横向的主街，长1.5公里，宽30米，成为市中心交通的主动脉。

王晓雨说，这里不同的街，有着不同的分工，形成不同的特色。

我们来到科林斯街，那里银行密集，澳大利亚很多银行的总行都在这条街上，被称为金融街。另外，这里也是经营世界名牌的名店集中地，又称“名牌一条街”。

伯克街是热闹非凡的街道，许多大型百货公司集中在这里，是购物的天堂。

王晓雨特别介绍了墨尔本市中心被称为“Arcade”的优雅的拱廊商场。这种拱廊是一条条长长的拱形顶的长廊，铺着漂亮的地砖，挂着豪华的饰灯，拱廊两侧全是商铺，顾客可以在这里信步漫游，选择自己喜欢的商品，诸如精品服饰、皮鞋之类。在伯克街、科林斯街、伊丽莎白街和斯旺斯顿街，便有着许多这样富有特色的英国式拱廊商场。

有轨电车、公共汽车穿梭于墨尔本市中心，交通非常方便。棋盘式的街道很容易辨认，使任何一个来自外地以至外国的旅游者，在这里都不会迷路。

我在墨尔本市中心漫步，不由得佩服当年对于这座城市的精心规划与布局。

小平菜馆与墨尔本的华裔市长

墨尔本的唐人街

作为一个中国人，理所当然关注世界各地的唐人街（Chinatown）。在美国纽约、费城、旧金山、洛杉矶，在加拿大温哥华，在法国巴黎，在意大利罗马，在澳大利亚悉尼，我都前往唐人街，一睹华人在异国的聚居地，了解他们在那里的生活状况。

墨尔本的唐人街位于市中心的中心，占据了市中心黄金地带——或者说是钻石地带，即小伯克街的东边半条街！也真巧，墨尔本的华文作家们宴请我，就在唐人街。于是，王晓雨陪着我前往那里。

像世界各地的唐人街一样，在墨尔本唐人街的街口，有一个中国式的牌坊，令人一望而知那里是唐人街。

小伯克街属于"窄"街。步入唐人街之后，街道两边全是中文、英文对照的招牌。琳琅满目的是中餐馆。此外，还有中文书店、中医诊所、中国工艺品商店、服装商店等等，还有以华人作为主要服务对象、可以用汉语对话的银行、保险公司、律师（移民）事务所、旅行社。不少不会讲英语的华人，在唐人街也能够像在中国国内那样地生活。

在唐人街漫步，我见到了醒目的招牌"小平菜馆"。在异国他乡见到以小平名字命名的餐馆，我倍感亲切，当即用照相机拍下了"小平菜馆"的招牌。

那天晚上，墨尔本的华文作家们和我在渔乡阁中餐馆晚餐。步入这家规模不小的中餐馆，墙上挂的是中国画、中国菜单，顾客之中，十有六七是华人——也有不少"老外"，他们也逛唐人街，也喜欢中餐和中国商品、中国文化。

齐家贞说，今天是母亲节，已经是墨尔本律师的女儿给她买了新衣服。朋友们都

醒目的招牌:小平菜馆

问,为什么不把新衣服穿出来?齐家贞说,太时尚了!文友们都笑齐家贞的观念太"落伍"了。

我问在座的墨尔本华文作家们,有谁住在唐人街?他们回答说,没有一个人是住在唐人街的。他们都是分散住在各个社区,跟澳大利亚人融合在一起。如今的墨尔本唐人街,是一个纯粹的中国式的商业区。

墨尔本的唐人街,有着悠久的历史。墨尔本建城不久,发现了金矿。在大批淘金者之中,有不少来自中国广东。广东人在小伯克街这一带聚居,逐渐形成了这条唐人街。

在澳大利亚,华人属于少数民族。在澳大利亚的2000万人之中,华人大约占总人口数的3%。墨尔本是一个移民的城市,移民人口占总数的1/3,移民的前三位依次为希腊、意大利、华人。从唐人街往北走,不远处便是希腊商铺云集的"小希腊区"和密布意大利商店的"小意大利区"。华人的聚居区除了墨尔本市中心的唐人街之外,如今墨尔本的利士门、博士山、史宾威等,都成了华人新的聚居地。另外,在墨尔本的越南街,也聚集着许多华人商铺,甚至占据越南街的一半。

尽管华人在墨尔本是少数民族,但是墨尔本的华文作家们很骄傲地告诉我,现任的墨尔本市市长是华人!他们告诉我,如今墨尔本市流行这样的T恤衫,前胸印着:"约翰·苏,他是我的兄弟!"在音像店里,澳大利亚全国驰名的"音乐人"(Music Men)说唱乐队推出的"约翰·苏,他是我的兄弟"的歌曲CD,也正在出售。

这"约翰·苏",就是现今的墨尔本华人市长苏震西,他祖籍广东顺德,1946年出生于香港。1963年,17岁的他移民墨尔本。苏震西毕业于墨尔本大学,拥有科学和教育方面的双学位。他当过餐馆老板,当过教师。1991年当选为墨尔本市议员。2001年,他在墨尔本市的市长竞选中,击败数位重量级候选人,当选墨尔本市市长。2004年11月,他又以极大的优势成功连任墨尔本市市长。

苏震西当选墨尔本市长之后,关心弱者和穷人,大力发展多元文化,把墨尔本多民族、多文化和谐共处的传统发扬光大。他说:"我崇尚合作与和谐。来自全世界140多个民族的人民居住在墨尔本,他们讲200多种不同的语言,但都和谐共处,享受着安宁与和平。"他说,他在家乡学校里学到的有关孟子的"仁政"思想对他执政也有影响。对百姓仁慈、一心为民、为百姓做事、为百姓谋幸福这些信条,对他当好市长是很重要的。

一位墨尔本市民这样评价他："约翰·苏像一块磁石把所有墨尔本人联合在一起。他是一个温文尔雅、不摆架子的人，他真心地把他的人民放在心上。他总是准备好一个微笑，一颗温暖的心，关心着每一个生活在墨尔本的人。"

墨尔本作家们在唐人街宴请作者夫妇

苏震西治理墨尔本市政绩突出，在他的任期内，墨尔本分别在2002年、2004年和2005年被评为全世界最适合人类居住的城市，也被誉为最安全城市，吸引了世界的目光。正因为这样，在2006年由国际组织"城市市长"主持的一年一度的"世界市长"评选活动中，对全世界677名市长进行投票，苏震西荣幸地名列第一。在2007年初，他荣获"世界市长"奖。

苏震西在获奖时说："我觉得我很惭愧很惭愧获得这项荣誉，做得很好很好的是墨尔本市，是墨尔本市民，我相信我们今后每年仍将做得很好。"他随后打开一瓶泡沫四溅的白葡萄酒，说："向所有人表示祝贺。我感谢墨尔本的民众，感谢他们的支持，当然还有他们的信任与信念。"

华文作家王晓雨与苏震西有过接触。他告诉我一个关于苏震西的小故事：苏震西市长率墨尔本代表团访问中国某省，受到省政府隆重的接待，中国官方有这样的接待经费。当这个省代表团20多人前往墨尔本市回访的时候，墨尔本市政府并没有这样的接待经费，连安排代表团住宾馆的经费都没有。苏震西市长就发动墨尔本市市民，把一个个代表团成员接到家里住下来，这样反而使代表团的成员有机会直接接触墨尔本市居民的生活，都非常满意苏震西市长这种特殊的安排。

墨尔本华文作家们的组织纯属民间组织，不像中国作家协会、上海作家协会那样每年都有政府拨给的经费，这次我被安排住在作家们家中。确实，我非常满意这样的安排，使我有机会与墨尔本华文作家有了更多的接触与交流，有了更大的文化收益。

在唐人街的晚宴结束之后，我跟齐家贞女士等作家在墨尔本市中心的弗林德斯街火车站的挂钟下道别。好几位作家在那里乘火车回家。

然后，我与妻以及阿森乘坐王晓雨的轿车来到市中心之外的停车处，找到阿森的轿车。我跟阿森握别，乘王晓雨的轿车前往王晓雨家。

王晓雨和他的"水景房"

在墨尔本作家王晓雨家中

又是在夜色苍茫之中行车。

王晓雨驾车离开了繁华的墨尔本市中心，把高楼大厦甩在了后面，向东南方向驶去。

他家远离市中心。大约行车四五十分钟，轿车离开主干道。显然，他家很快就要到了。他告诉我，他买房子，非常注意景观。他家坐落在一个小湖跟前，属于"水景房"。这个湖的四周，只有六幢房子，非常安静。

没多久，轿车就停在一幢二层的花园洋房前。下了车，他的太太出来欢迎我们，领着我和妻来到他家底楼的大客厅。客厅正对小湖，只是窗外浓黑如墨，什么也看不清楚。

正巧，他女儿与"洋女婿"也在家，跟我们见面。女儿如今并不住在这里，而是住在市区那幢摩天大楼丽奥图中心。没多久，女儿与她的先生就驾车进城去了。

王晓雨夫妇的主卧室在底楼，楼上有两间空房。他安排我和妻住在楼上。他的书房也在楼上。

住在王晓雨家，使我有机会跟这位墨尔本的华文作家有了许多交流，尽管在此之前我对他一无所知，但是一说起来，他的好几位朋友同时也是我的朋友，我们之间的距离也就迅速缩短了。

我跟上海女作家、电视剧《田教授家的二十八个保姆》的作者王晓玉相熟，本以为王晓雨大约是她的弟弟或者亲戚。其实，王晓雨跟王晓玉毫无关系。王晓雨是他的笔名，他的本名叫王平，跟三国名将王平同名同姓。他给我的名片上，则印着英文名字PATRICK WANG。

天下真小。虽说王晓雨跟王晓玉并无亲戚关系，但是当我提到王晓玉，王晓雨却说，跟王晓玉的丈夫黄源深倒是有过多年的交情。

记得，在2006年10月去北京出席中国作家协会第七次全国代表大会时，王晓玉和她的先生黄源深都当选为代表，曾经传为上海代表团的佳话。

我认识黄源深，知道他是上海华东师范大学教授。然而，我却并不知道他是研究澳大利亚文学的专家。

作者妻子在墨尔本作家王晓雨家门口

王晓雨告诉我，黄源深在1979年至1981年在悉尼大学进修，并获文学硕士学位。后来，黄源深多次前往澳大利亚，专门从事澳大利亚文学研究，写出一系列关于澳大利亚的专著：《澳大利亚文学史》、《澳大利亚文学论》、《澳大利亚文化简论》、《当代澳大利亚社会》。如今，黄源深是中国澳大利亚研究会会长，悉尼大学客座教授。2002年11月中澳建交30周年，黄源深与先后出任中国驻澳大利亚的七位大使一起，分别获澳大利亚外交部长授予的澳大利亚政府勋章。黄源深跟王晓雨有过很多交往，并曾经在他家住过。

王晓雨说，他原本非常羡慕黄源深，因为黄源深在1961年毕业华东师范大学外语系英语专业，所以精通英语，能够比澳大利亚人还深入地研究澳大利亚文学。王晓雨在上海学的是中文系。他在1988年刚来澳大利亚的时候，连最简单的英语都不会说。他硬是靠着拚命地学习，终于过了英语关。

王晓雨说着，从书架上拿出他的一本翻译新作《舞遍全球》送给我。这本书是由上海文汇出版社出版的。他从20年前不会说一句英语，到如今能够翻译英文书籍，可见人到中年的他在异国付出了何等巨大的努力。

王晓雨不仅送我翻译新作《舞遍全球》，而且还送我由他担任主笔的《MADE IN CHINA》(《中国制造》)杂志，内中发表了他所写的对于《舞遍全球》的长篇评论《一个现代芭蕾的传奇》。

《舞遍全球》是著名芭蕾舞演员李存信的自传。他在美国以及澳大利亚具有很高的知名度。在我看来，李存信的命运跟中国著名音乐家马思聪非常相似。我曾经为马思聪先生写了长篇传记《爱国的“叛国者”》，所以《舞遍全球》一书很快就引起我的共鸣。

李存信，1961 年出生于被饥饿和贫穷所困的山东青岛农村。11 岁时由于非常偶然的机会被选入北京舞蹈学院学习芭蕾舞。

1979 年，作为第一批公派艺术留学生，李存信到了美国，后来他选择留在那里。这件事在当时引起了轩然大波，甚至惊动了两国高层。作为顶尖芭蕾舞演员，李存信曾和世界最著名的芭蕾舞团合作，到各国演出。在度过 27 年辉煌的芭蕾舞生涯后，李存信成功地转入金融界，成为澳大利亚一家著名证券经纪公司的资深经理。他和妻子及三个孩子如今住在墨尔本。

《舞遍全球》这本书连续 130 周居澳大利亚图书榜前十位，一年多来已在澳洲发行接近 40 万册。也就是说，差不多每 50 个澳洲人就拥有一册。《舞遍全球》在许多国家畅销，并被好莱坞购下电影版权。

王晓雨以满腔热情翻译《舞遍全球》，他对主人公李存信充满了同情和敬佩。他详细跟我介绍了李存信的人生道路。他尤为欣赏的是，李存信作为出身于中国贫穷家庭的孩子，以过人的毅力克服了重重困难，攀上芭蕾艺术的顶峰。他以为，每个人的人生道路可以不同，但是李存信这样的毅力对于任何人都是需要的。

王晓雨又跟我谈起墨尔本的另一位艺术名家储望华。他曾经多次采访储望华，写出报告文学《琴殇——记作曲家储望华》。当他提及储望华是储安平之子，我立即发生浓厚的兴趣。在我的纪实长篇《反右派始末》中，曾经多次写及在 1957 年名震中国的“右派分子”储安平。受父亲冤案的影响，储望华走过艰难的人生。即便如此，他仍以超人的毅力在音乐创作的道路上奋进，参与钢琴协奏曲《黄河》的创作。储望华留学澳洲之后，在音乐创作上取得更加丰硕的成果。

其实，王晓雨的人生道路也曾经异常艰难。他从不懂英语到能够翻译英文长篇文学著作，靠的是毅力。他刚到澳大利亚时，靠打工维持生活和缴纳学费，不得不上午打一份工，下午去学校读书，晚上再打份工，过着“三明治”式的生活。当他深夜回到住处，早已筋疲力尽，一次洗淋浴，居然在水龙头下睡着了！

靠着坚强的毅力和艰苦的努力，王晓雨经过四年的打拼，在 1992 年获得澳大利亚注册教师。

他终于在澳大利亚站稳脚跟。他开始向着从小就钟爱的文学事业发起冲刺。1994 年，他获得澳大利亚华文作家协会散文比赛首奖。此后，在 1997 年至 2001 年出任

《大洋时报》(PACIFIC TIMES) 总编辑。

1999 年,王晓雨的《守墓人》获澳大利亚 Grater Dandenong 短篇小说比赛第一名。2001 年,王晓雨的报告文学《黄河的忧伤》(与悉尼作家田地合作) 获千禧年首届"世界华文报告文学征文奖"冠军。2003 年,《吃饱》获世界华文作家协会文学奖年度小说优胜奖。

接连的获奖,使王晓雨在澳大利亚文坛赢得了声誉。他先后被推选为大洋洲文学艺术联合会主席、墨尔本作家协会会长。2004 年,中国文联出版社出版《人在澳洲——王晓雨小说散文选》。

我发现,王晓雨跟阿森一样,总是把培养子女的成功,列为自己最大的成就感。在客厅里,我与王晓雨的女儿匆匆见了一面。

王晓雨曾经应格兰威尔的大同中文学校的邀请作子女教育特别讲座。该校为王晓雨的演讲,作了这样的介绍:

> 一个在中国出生的小女孩,相貌普通,成绩平平,随父亲移民澳洲墨尔本后,在南布朗市维克小学读书。她周末在华人中文学校补习中文,后来获得 VCE 高分,她曾先后获维省和全澳的中文朗诵比赛冠军。在就读省精英高中时,她被美国迪斯尼影业公司选中,先后在两部 26 集电视剧中出演主角。现在这个小女孩长大了,游历了世界上多个国家,已有新闻系和法律系两个学士学位和一个法律荣誉学位。现在 25 岁的她已经是法庭律师。她的父亲是澳大利亚著名华文作家、《大洋时报》前总编王晓雨,他是怎样培养孩子成才的?有关这个小女孩来澳洲后教育培养,有许多生动的故事。王晓雨是本校张劲帆校长的朋友。2007 年 4 月 28 日下午他将在悉尼市图书馆海关分馆出席人物传记书《舞遍全球》(王晓雨是该书的译者) 的新书发布会,并作演讲。本校特趁此机会邀请王晓雨 4 月 28 日上午来我校谈自己的子女教育经验,并回答听众问题。请广大关心子女教育的华人家长 (不限于本校学生家长) 不要错过机会,并互相通报此信息。

从阿森的儿子和王晓雨的女儿中可以看出,澳大利亚华人的下一代,将是充满希望的新一代,将是超过阿森和王晓雨这样在澳大利亚创业的老一代。

大约是彼此有着诸多共同的话题,那天夜里,我跟王晓雨在他的"水景房"聊到很晚……

与鹦鹉亲密接触

王晓雨家旁边就是小湖

老人给作者夫妇拍照时，小狗溜到湖里去了

记得，在阿森家，清早起床后，拉开窗帘，闯入我的视觉的是一大片绿油油的草地。在王晓雨家，清早起床后，拉开窗帘，出现在我的眼前的，是一个碧波荡漾的小湖。这时，我才发现，卧室之外有一个大阳台，正对小湖。阳台上还放了一把椅子，专供赏湖之用。

我下楼，王晓雨已经起床，他的太太已经出去上班。

为了熟悉环境，我和妻出去，沿着小湖走一圈。小湖四周，如同王晓雨所言，只有各自独立的六幢两层小楼，彼此之间隔着花园、草地。这里，仿佛是世外桃源，那样地恬静，那样地安谧。

我和妻想在小湖边上拍一张合影。正巧，一位老大爷沿着小湖蹓狗，我便请他给我们拍照。他放下了手中的狗绳，拿起相机很认真地端详着，正在准备拍摄的时候，听见身后传来哗啦一声，淘气的小狗跳到湖里去了！

老大爷赶紧把相机还给我，然后趴在湖边，整个身子躺在泥地里，伸长了手臂，好不容易在湖里抓住小狗的绳子，这才把小狗拖上岸。这时候，轮到我给他拍照了，我拍下他趴在湖边的照片。水湿的小狗把他的衣服也溅得半湿，使我和妻深感歉意，因为小狗的逃跑全是因为他给我们拍照引起的。

谁知老大爷还是要给我们拍照。他用脚踩着狗绳，腾出双手终于给我和妻拍了一张合影。完成“任务”之后，老大爷这才牵着浑身是水的小狗，继续沿着小湖蹓着。

回到王晓雨家，他正在烘烤面包。他家的厨房也是开放式的，在客厅之侧。他往面包上抹了橄榄油，招呼我和妻一起吃早餐。

他告诉我，早餐之后去丹顿农山 (Dandenong Ranges) 的国家森林，那是一个风景秀丽的地方，也是墨尔本的著名景点。那是墨尔本市东南的一座高山，可以乘老爷蒸汽火车上山，也可以自驾轿车上山。他家离丹顿农山只有 20 分钟车程，还是自驾轿车上山方便、自由。

这里是原始森林，茂密而高大

于是，在早餐之后，我和妻便上了他的轿车。今天，王晓雨没有穿昨天那件鲜艳的红衬衫，而是在白衬衫外面套了一件旧的深蓝色外套。他在上车之前，把两顶巴拿马式的草帽扔到车后的储物箱里，还放进一个长方形的纸盒。

轿车上了高速公路之后，没多久，眼前就出现一座高山。墨尔本属于丘陵地带，这样的高山不多，显然那就是丹顿农山。在盛暑之际，丹顿农山成了墨尔本的“避暑山庄”。在丹顿农山，也可以眺望墨尔本城区。论名气，墨尔本的丹顿农山与悉尼的蓝山旗鼓相当。

轿车离开了高速公路，进入上山的公路。顿时，公路仿佛处于高高的密林的“挟持”之中，头顶只有“一线天”。这里的森林是原始森林，茂密而高大。一路上，王晓雨如数家珍，告诉我这是槐树，那是榆树。在半山腰，经过一座豪华山庄的时候，他停下车，因为山庄里的水泥路上铺满凋落的红色枫叶。他让我下车拍摄这满地的枫叶，说这里是一大片加拿大的枫树。

水泥路上铺满凋落的红色枫叶

丹顿农山还有杜鹃花园、玫瑰园、郁金香花展、薰衣草园，一年四季轮流绽放。山上的果园农场也都对外开放。只要你付费，草莓、樱桃、杏子任你边摘边吃，还可以带着走。

王晓雨是一个酷爱大自然的人，他对于澳大利亚的动植物，有过深入的调查和了解。他送给我一本他所写的《珍奇动物写真——澳大利亚特有动物》，是由上海一家出版社于 2001 年出版的。在这本书的后记中，他这么写道：

> 我和世界上许许多多人一样，在熟悉澳大利亚国家之前，就先熟悉了澳大利亚的特有动物，尤其是袋鼠和鸭嘴兽。我甚至在不知道澳大利亚属非洲还是欧洲时，就能画出这两种动物，因为这块大陆上的动物太奇特、太出名了。

白色鹦鹉在吃草帽顶上的葵花籽

我居住在澳大利亚已经13年了，在2000年悉尼奥运会前的一次回中国旅游时，我碰到许多中国人，他们和我当年一样，关心澳大利亚的动物甚至超越澳大利亚这个国家。中国人在世界各地有许多侨民，有时，我在接待这些海外中国人时，令人吃惊的发现他们中有许多人竟然也是先从澳洲动物开始认识澳大利亚这个国家的，其中不少人更是想看看澳大利亚特有的动物才来澳洲旅游的。

我热爱澳大利亚这个“靠动物提高知名度”的国家，我也特别喜欢它的动物和植物。毫不夸张的说，我是光顾墨尔本皇家植物园和天鹅湖次数最多的中国人。我甚至把家安在这个植物园附近。我曾经坐在植物园的湖边草地上写作，甚至因为疲倦睡着，直到被拉扯我挎包的黑天鹅弄醒。

两只彩色的小鸟前来拜访

正因为这样，王晓雨非常喜欢这座拥有原始森林的丹顿农山。他与太太隔三差五驾车来到这里，亲近大自然。

王晓雨熟练地把轿车驶入山间里的一片空地，这里有一座咖啡吧。我下车时，明显感到山上的气温要比山下低。凉爽而又清新的山间空气，使我精神为之一振。

与美丽的鸟儿近距离的亲密接触

王晓雨把轿车停好之后，从车后的储物箱里取出那长方纸盒和两顶草帽。原来，那纸盒里装满葵花籽。他说，知道我要来到墨尔本，就去超市买好这一盒葵花籽。他把葵花籽倒在草帽顶部的凹槽里，他跟我各戴一顶这样的草帽，还让我和妻各抓了一把葵花籽放在手心。

说时迟，那时快，一群不速之客从天而降。这是一群野生的白色鹦鹉，在落地稍加“侦察”之后，便飞到我的手上。这是我平生第一次跟鹦鹉亲密接触。这鹦鹉比普通的鸽子还大，站在我的手腕上，啄食着我手心上的葵花籽。鹦鹉真聪明，用那坚硬的喙叼了一颗葵花籽之后，转眼之间就啄碎了外壳，然后把外壳吐掉，吞下美味的籽肉，那动作比人嗑葵花籽还熟练、利索。在“嗑”了一颗葵花籽之后，鹦鹉马上又叼了一颗葵花籽。在吐掉葵花籽壳之后，迅速地再叼第三颗葵花籽。如此这般，在十来分钟的时间，鹦鹉居然把我手心上的葵花籽全部变成了一堆碎壳。

接着，这只白色的鹦鹉开始觊觎我的草帽顶上的葵花籽。鹦鹉飞到我的肩膀上，然后爬上我的草帽，惬意地站在我的草帽上，啄食着草帽顶部凹槽里的葵花籽。王晓雨告诉我，鹦鹉一边美食，往往一边还“馈赠礼品”——鸟粪，所以他才特地换了一件旧衣服上山。幸好，这只鹦鹉对我很“客气”，并没有丢下“炸弹”。

这只白色鹦鹉的来访，引来许多白色鹦鹉。当我从王晓雨手中接过一把葵花籽之后，两只彩色的小鸟前来拜访。其中一只红身绿翅，另一只绿身绿翅红腹。王晓雨说，这两只鸟更加名贵，难得一见，今天居然破例露面。

山间的这些美丽的鸟儿，全是野生的，并非人工饲养。由于澳大利亚人从不伤害这些野生的鸟，所以鸟儿也就对人类不存在畏惧心理，能够与人如此近距离的亲密接触。这里由于有那么多野生的鹦鹉，也叫“鹦鹉谷”。

在悉尼的海湾，我也见到诸多海鸥在人群中大模大样地散步。

跟鸟儿们拍摄了许多“合影”之后，王晓雨驾车继续上山，来到山上的小镇欧琳达（Olinda）。

在古色古香的欧琳达小镇

欧琳达古色古香，有着许多百年老店。我们踱进其中一家名叫“玛甫丽斯小姐”（Miss Marples）的茶馆（Tea Room）。这家茶馆，其实是点心店。四墙挂着许多百年老照片，显示了小店经历了漫长的沧桑。店里的装饰，全然是一派英国风格。

在这家茶馆之侧，则是一家奇特的茶壶专卖店。走进这家商店，仿佛进入茶壶博物馆。来自世界各地的形形色色的茶壶，琳琅满目，应有尽有。

百年老店“玛甫丽斯小姐”茶馆

我们还来到小镇上的一家古董店。这里的古董非常丰富，居然还有正在挥手的毛泽东的铜像。

王晓雨请我和妻在山上一家餐馆吃中饭。这里的牛肉馅饼是最正宗的，曾经获得六次金奖，确实名不虚传，上座率相当地高。

作者与墨尔本作家王晓雨（右）在小镇欧琳达

墨尔本看房记

墨尔本的独立民居

墨尔本的维多利亚时代的老房子

墨尔本的两层民居

王晓雨是一个思想活跃、兴趣广泛的作家。就作品的样式而言,他写小说,写散文,也写报告文学;就作品的题材而言,他写澳大利亚的名人,写澳大利亚的动植物,也写澳大利亚的房地产。

在王晓雨送给我的书中,有一本书的书名就很商业化——《房子也是赚钱工具》,而副标题则相当学术性——《中西房产文化漫谈》。这是由中国知识产权出版社 2005 年出版的。为他这本书作序的,便是现任墨尔本市的华人市长苏震西。

王晓雨的这本书,引起我的浓厚的兴趣,因为我曾经写过 50 万字的纪实文学《商品房白皮书》,由作家出版社出版。我关注着中国的房地产市场,因为衣食住行是百姓生活的四大要素,“住”是千家万户的生存基础,谁都需要一个遮风挡雨的地方。自从中国的住房制度进行巨大的改革,从福利分房改革为商品房,对中国百姓的生活产生了巨大的影响。我正是从这样的角度,切入对中国房地产市场的关注。

王晓雨毕竟是生活在资本主义制度的澳大利亚,他则是从“房子也是赚钱工具” 这样一个商业角度切入对澳大利亚房地产市场的关注。

王晓雨用极其明白的语言,阐述了他对“房子也是赚钱工具”的归纳:据他统计,在第二次世界大战之后的 40 来年,澳大利亚的房地产每年升值 10%,而银行的贷款利率是 6%。两者相差的 4%,就是购房者的利润。由于房子的总价总是动辄几十万、上百万以至几百万澳元,因此这总价的 4%也就相当可观。

王晓雨在上海念的是大学中文系，但是到了澳大利亚，却磨就了一副经济头脑。他的《房子也是赚钱工具》一书，透露了他的许多新颖的关于房地产的观点。

他就中国新移民进行分析：

中国新移民如果移民海外时口袋不很富有的话，一般是经历三个阶段：

第一阶段，是打工赚钱，不论是工厂打工、学校教书还是公司当职员、经理，中国人俗称“原始积累”阶段，也有人称这是用“力气”赚钱，甚至称之为“血汗钱”。

第二阶段，有些钱了，买个小生意，方便店，租个小作坊，或买辆出租车，开个计算机零售店等等，既当伙计，又当老板，这可称为“用力气＋存款”挣钱，仍然是辛苦钱。

第三阶段，因人各异，归纳总结一下，不外乎是买股票、债券和买房屋，可以称之为用本钱加“脑力”赚钱。

那些主要是用银行贷款的房屋投资者，则可以说是应该另外归结为第四阶段，这部分人既不用自己的力气，甚至也不用自己的钱，而是借用别人（银行、税务局、租客等）的钱。我想，第四阶段的这种人，才是聪明的人。

这样的民居在澳大利亚很多

用赭红色的砖砌成的房屋成了澳大利亚“特色”

新盖的房子改用木材为主要建筑材料

其实，王晓雨本人就是经历了前三个阶段之后，成为“借用别人的钱”进行房地产投资而稳稳获利的“聪明人”。

王晓雨指出，投资者必须敢于向银行借钱，必须克服中国的“无债一身轻”的传统观念：

海外华人新移民在投资房屋时，心态比较实在，也就是比较老实，对银行的利用常常不如洋人。“不欠债心里轻松”，华人都这样说。华人新移民购房时最担心是何时能还掉款。而且都是将第一幢房屋债务还清再去考虑买第二幢。这样就花去好多年时间。这对工薪阶层而言，积累十分缓慢。如此这般，年龄不饶人，但岁月不升值。

海滨的豪宅

5月不升息購房者如釋重負

專家預測今年內持息不變

澳大利亚报纸辟有房地产专版

西方人的思考和行动,与华人就不一样。一家银行的华人经理举例。在新小区落成时,她有中西两位客人同时来贷款。两位都是当教师的,那位华人只买一套,现金10万付首期,贷款15万。洋人首期仅付5万,买了两套,贷款是华人的一倍。澳洲利率低,出租回报高,又正逢澳洲房产稳定上升期,两年中小区房产劲升25%以上。两位教师收入不变,但洋教师投资回报差不多是华人教师的一倍!圣诞节一过,洋人教师又来找这位银行经理,打听能不能让银行再估价一次,使他的两幢房子在账目上多套现一些,以便他再买第三幢。这位银行经理也曾经核算过那位中国教师的未来收入,认为有扩大投资的能力,并且主动打了电话去,但对方说正努力还清贷款,没有再购房的打算。

那位中国的教师和洋人教师相比,吃亏在文化差异方面。也许中国固有的"自力更生"、"奋发图强"、"无债一身轻"的想法阻碍了他的投资。

从投资的角度来看,王晓雨以为,买一房一厅最好:

澳大利亚房地产权威机构的调查显示,独居人口的比率增长最快,成为澳大利亚最为普遍的居住形式。在许多现代青年人眼中,人一多,再大的房也拥挤;独居则再小的房子也横竖都觉得宽敞。鉴于当今青年租客的现状,我建议是买一房一厅最好。一个人住,麻烦最少,就是租金贵些,也有人不在乎,宁愿花钱减少干扰,一些生活爱干净,注重品位质量,强调审美爱好的租户更是首选。

如今青年人晚婚,但他们不肯晚恋,恋了不久就要同居。两人一张床,租金就相对便宜了。同居者是租房客的重大来源,一房一厅是他们的最爱。他们没有婚姻契约证书,也不要孩子,但蜜月期又长又甜。一室一厅的另一个好处是可以带家具出租,这个市场很大,一卧房的家具费用低,房主承担得起,但租金回报可以高许多。租客要精装修布置花费也不多。

除了空置率低之外,一房一厅公寓还有一个好处是升值快和脱手快。

王晓雨主张，买房不要买太偏远的房子，因为增值的速度慢：

房屋上涨的潮水大致上是从市中心往外一波一波翻涌的，越到周边，幅员范围越大，可选机会越多，房价升幅就越小。这和在中国浙江海宁观钱塘江大潮是一个道理，瓶颈口一放大，潮水马上下去了。我们平时看拍卖，越是地区远，参加的人越少，就是证明。在移民数额减少的情况下，房屋需求减少，远郊的房子升幅就更小。过去 40 年的房产记录证明了这一点。远离城市特别是 15 公里之外的房子升值也很慢，较理想是半径是 7~10 公里之内。近城区房屋每年上升 7%以上，那些远的地方也许只有 5%甚至只有 3%。今天，世界正在一个危机四伏的处境中，中东形势更是令人担忧，石油价格势必上升。当汽油价格突然上升时，远郊的房子就可能不升值甚至反而下降。

澳大利亚的公寓楼

王晓雨还以为，打理好花园是提高房屋价值的重要因素，而很多人往往忽视这一点。他说：

一位犹太妇女，她专找地段好、花园破败的房子（这种房屋多半是老人搬出，新入者不擅打理造成），低价买下，重新规划花园，修缮一新后转手卖出，她虽然算不上房产开发商，但有文化，她是用心思在赚文化的钱。

一位华人新移民买房后见花园平平，准备索性改造成菜园子，后来请教了一位当地园丁，改种了许多花木植物，如今花园焕然一新。今春这位华人迁居别省，他那旧房拍卖时，来看房的人很多，大家都称赞花园，其中参加竞价的两个买主，竟然都说是因为看中了花园。

澳大利亚的房屋中介公司很多，交易活跃

聪明的王晓雨正是迅速掌握了澳大利亚房地产的规律，闯入澳大利亚的房地产市场。他成为真正的“自由职业者”，用不着按照钟点去上班，而是

房屋中介公司贴着待售待租广告

靠着澳大利亚房地产的升值，稳稳地赚钱。

理所当然，有王晓雨这样的内行的参与，我很高兴和他一起在墨尔本看房子。在美国旧金山，当我的小儿子准备买房子的时候，我参与了购房的全过程。当时，曾经在中介公司的介绍下，看了很多房子，最后选定了满意的一幢。有了在旧金山看房的经验，我也就很希望能够在墨尔本有机会看房。

我和他一起来到了墨尔本欧琳达小镇的房屋中介公司，一位中介小姐热情地接待了我们。

我们观看了正在挂牌的一批房屋的介绍资料以及房型图，我发现，这里的房屋价格都是标明从多少万澳元至多少万澳元。王晓雨告诉我，这里买房子，要通过竞卖手续，即几个看中这幢房子的人通过竞价，最后以出最高价的买者中标，所以中介公司开列的从多少万澳元至多少万澳元的价格，只是参考价。

我们一起选择了其中的三幢。中介小姐告知，内中的一幢还住着房主一家。经她致电房主，家中无人接听，只得作罢。另外两幢房子的主人外出，把房屋钥匙交给了中介公司，可以去看。好在这两幢房子是两种不同档次的房子，有着不同的代表性。

她请我、妻以及王晓雨坐上她的车，带领我们去看房。

第一幢房子离欧琳达小镇很近，开车几分钟就到了。这座房子就在公路旁的山坡上，只是上坡的时候那条小路有点陡，转弯也有点急。

这幢房子孤零零的，周围没有任何房子，在我看来太孤单，而王晓雨说，澳大利亚很安全，这样独立的房子才好。

这幢房子前有一个高大的凉篷，用来停车。房子朝北，也就是北半球的朝南。

进去之后，是一个铺着地板的餐厅，餐厅里有敞开式厨房。与餐厅紧相连的是客厅，放着一套沙发。客厅与餐厅的面积近百平方米。餐厅外是一个很大的露台，铺着木板，是一个喝茶、休闲的好地方。

这幢房子依坡而建。往上经过一个台阶，铺着地毯，也有一个小客厅。通过一条走廊，进入卧室区。我看了一下，有四个卧室，两个卫生间。其中一个卧室是儿童房，比较小。

起初，我以为这房子大约就是这样，不料中介带着我们来到那个餐厅，掀起靠墙的一排地板，那地板竖立起来之后变成了护栏，而在地板下面出现一个往下的楼梯。

我们沿着楼梯下去，发现下面还有一层，这里是一房一厅。所以，这幢房子实际上是五房四厅。

原来，这幢房子依照山坡地势，上下共三层。如果把位于第二层的餐厅里的那块地板放下来，这最低的一层可以成为独立的一套房子。餐厅外的那个铺着木板的大露台，其实也就是这底层房子的屋顶。

这幢房子四周有花园。整幢房子连同花园，占地四千平方米。

这幢房子的缺点是离市中心约 40 公里，远了点，景观也差，面前只是树林和一条公路。另外，房子显得陈旧，是 30 年前的房子。

这幢房子的价格在 48 万澳元左右，也就是相当于 300 万元人民币。用这么多的钱，在我所住的上海的闹市区，只能买 150 平方米左右的公寓房——我那一带的楼房每平方米的建筑面积的价格已经升到两万人民币以上。

熟悉房地产行情的王晓雨做出了评估：这幢房子本身就值 40 万澳元，再加上那么大的花园，价格 48 万澳元显然不算贵。

接着，中介小姐驾车带领我们去看一幢豪宅，价格为 78 万澳元左右，也就是 500 万元人民币左右。

那幢房子离小镇稍远，坐落在一个山头上，同样是孤零零的，没有邻居。房子同样是朝北的，四周有很大的花园。

我和王晓雨没有立即进房子，而是首先察看四周的花园。中介小姐介绍说，这幢房子连同花园占地面积为一公顷，亦即一万平方米！

这幢房子给了我两个突出的印象：

一是景观极佳。因为处于山头，视野开阔，可以眺望远处。正值秋日，万紫千红的树林，在树林上方轻轻飘拂的云朵，尽收眼底。为了观景，房主特地在房屋前修筑了一个近百平方米的观景台，上有顶篷，下铺地板。王晓雨分析说，这幢房子光是“景观费”，就值 10~15 万澳元！

二是花园漂亮。漫步在这将近一万平方米的花园，主人种植了许多奇花异草，还有许多果树。特别正值橘黄时节，一只只鲜黄色的橘子挂满枝头，表明房主是何等精心打理自己的花园。

欧琳达小镇的房屋中介公司

中介小姐介绍说，房主前些日子为了重修从公路到

作者夫妇在欧琳达小镇看房

自家的那条路以及修整花园，就花费了好几万澳元。

接着，我们随着中介小姐进入房子。房子中间是一条铺着地砖的走廊，把整幢房子一分为二。

朝北的一面，安装了一块又一块乒乓球桌面那么大的窗玻璃，可以随时看见满山遍野的树林，可以说是“景观窗”。主人在朝北的一面安排了几个客厅，以便能够坐在皮沙发上以150°的广阔视角观景。

朝南的一面，要比朝北的一面大。这里有厨房、餐厅、三个卧室和三个卫生间。其中一个大卫生间安装了按摩浴缸。这里的每间卧室的面积，都比刚才那幢房子的卧室大。

这幢房子装修豪华。我很惊奇，在房子里，多处挂着中国字画。我问中介小姐，房主是不是中国人？

她摇头。她说，房子的主人是墨尔本的一位建筑师，这幢房子是他自己设计的。主人喜欢中国文化，这些中国字画是他到中国旅行时买的。主人目前正在香港。他准备迁居到香港，在那里工作，所以决定卖掉这幢精心设计、装修的房子。已经有好几位客人都看中了这幢房子。你们如果喜欢这幢房子，要赶紧做出决定，因为这幢房子的竞拍将在近日举行。

我跟王晓雨都给予这幢房子以很高的评价。王晓雨评估说，这幢房子虽然离市中心也是40公里左右，但是景观好，房子设计好，而且比较新，具备很大的升值空间。他估计这幢房子在两年内的升值率将达到25%。

我有幸跟熟悉澳大利亚房地产的王晓雨一起看房子，对墨尔本的房地产有了第一手的了解。

我请教王晓雨，墨尔本的房价跟悉尼相比如何？

他回答说，墨尔本的房价大体上比悉尼低40%。

我问，购买房子时，首付款一般占总房款的百分之几？

他回答说，一般是20%，也有少数为10%。

我问，如何参加竞拍？

他说，如果你在竞拍中中标，要马上付出总房款的10%，然后必须在90天内把全部房款付清——其中首付款20%（包括已经付出的总房款的10%），由你直接支付，其余80%在办理了贷款手续之后由银行支付。倘若你在90天内没有付清全部房款，那么你已经支付的总房款的10%就归售房者所有，你再也无法取回。

为了观景，房主特地在房屋前修筑了一个近百平方米的观景台，上有顶篷，下铺地板

首都堪培拉

乘火车前往堪培拉

一大早，就赶到悉尼中央火车站

清早5时，闹钟响了。来到悉尼那么多天，今天是唯一这么早起的一天，为的是能够赶上公共汽车的头班车。

打开房门，天还黑的。一阵冷风迎面吹来，风中夹着雨丝，我才意识到正在下着小雨。来到悉尼那么多天，今天也是唯一下雨的一天。

我和妻拖着一只小小的拉杆箱，离开了阿什菲尔德的宾馆。这只拉杆箱只有普通拉杆箱一半那么大。当"9·11"恐怖袭击事件发生的时候，我和妻从美国旧金山飞往纽约采访的时候，也是带这只小箱，因为当时美国机场检查极其严格，我不得不"轻装"。这一回和妻前往澳大利亚首都堪培拉，只打算在那里住一夜，所以也同样"轻装"。

我这次来到澳大利亚，在悉尼和墨尔本举行讲座，所以两地都有朋友接待。堪培拉是个例外。堪培拉是澳大利亚的首都，我很希望到那里一看。然而，在堪培拉我没有一个朋友，无人接待，我又不喜欢跟随旅游团去那里，也就来了一次"自助游"。

我向悉尼的好几位朋友打听，从悉尼到堪培拉怎么走？他们只知道驾车前往堪培拉，大约3个半小时就到了。他们听说可以坐火车或者灰狗（长途汽车）前往堪培拉，可是谁都没有乘过。

于是，我便从阿什菲尔德来到中央火车站，总台给了我一张悉尼与堪培拉之间的火车时刻表。从时刻表上得知，悉尼与堪培拉之间每天都有往返火车，但是周六、周日的出发时间与平时不同。我事先得知，在周末或者周日，由于政府机关休假，而大部分堪培拉的商店也关门，所以我决定还是在平日前往堪培拉。平日每天两班，乘下午的火车到达堪培拉已经天黑，对于人地生疏的我显然不合适，所以只能选择6时50分开车的上午班车。

我去火车售票处打听，知道售票处在每天早上6时15分开始售票，每张单程票39澳元，火车票不紧张，就决定当天到达中央火车站的时候买票，因为我没有把握能否在6时半从阿什菲尔德赶到中央火车站。

我也去长途汽车站打听。灰狗的总站就在中央火车站的底楼。灰狗的出发时间跟火车差不多。由于各国的长途汽车差不多，所以我还是愿意乘坐火车。

回到阿什菲尔德，从宾馆前的公共汽车站上见到清早5时56分就有头班车，我就放心了。于是，那天起了个大早，与妻在公共汽车站等候。雨不大，毛毛雨而已。我倒不怕下雨，感到遗憾的是，雨天的摄影效果不好。不过，天公不作美，也无奈。

这么大的火车票从未见过

悉尼的公共汽车非常准时。我和妻顺利地上了车，大约20来分钟，到达中央火车站。当我们穿过马路来到中央火车站，那里的售票处已经开门了。

"您姓什么？名字叫什么？"当我向售票小姐说明要购买前往堪培拉的火车票的时候，她倒问起了我的姓名。

原来，澳大利亚的火车票实行实名制。她把我的姓名输入电脑之后，又问我的妻子的姓名。

这票子是我从未见过的，居然是一整张A4打印纸那么大，总共三页。第一页才两三行字，其余全是空白。那几行字写着乘车者姓名、目的地、车次、日期、开车时间、票价、站台号码、车厢号码以及座位号码。第二页是统一格式的乘车注意事项。第三页是堪培拉旅游广告。

我来到二号月台。时间尚早，我在长椅上坐了一会儿，631次火车来了。这是真正意义上的火车，前面是蓝白相间的方形火车头，是柴油机车。后面挂着五节车厢，车厢的外壳是银白色的金属，中间漆成蓝色。

上车时，既没有用X光透视行李，也无检票员剪票。五节车厢以A、B、C、D、E为序。我按照车票上的车厢号，找到了B车厢。上车之后，B车厢入口处是一扇玻璃门，揿一下按钮，门横移，开了。车厢里每排四张高靠背绒布面的弹簧椅，可以放下斜躺着，也可以收起正坐，舒适程度类似于中国飞机的头等舱。座椅都朝火车开行的方向，不像中国的火车那样面对面，似乎更加具有私密性。车厢的地面铺着深灰色的地毯。

前往堪培拉的火车

车厢里空荡荡的

沿途，广阔的田野

沿途，牛羊成群

车厢顶部是两排纵向的日光灯。车窗宽大，比中国火车的车窗差不多大了一倍。我和妻的 29 号和 30 号座位在车厢的中部，旁边还有一张小桌子。另外，每个椅背上都有一个折叠式小桌板，可以翻下来，也可以收起来。每个椅背下方的网兜里，都有一个垃圾袋。

火车准时开动。这时，天刚蒙蒙亮。我环顾一下车厢，整个车厢有 68 个座位，却只有十来个乘客，显得空荡荡的。于是，大家都挑选各自喜欢的座位坐下，不再拘泥于原座位号。乘客以妇女、老人居多，因为年轻人喜欢驾车前往堪培拉，更加方便、自在。我发现，前面的 A 车厢，竟然是全空的，一个乘客都没有！

我注意到，火车所行驶的轨道，是与悉尼市内的“火车”（轻轨）共用同一轨道。只是悉尼市内的“火车”是电气列车，所以最初驶往堪培拉的火车是从一个个“门”字形的电线架中穿过。火车行驶一刻钟之后，在悉尼郊区一个站台停靠一下，此后在一小时左右停靠一个站台。

列车上很安静，没有人前来推销报刊，也没有人推着小车卖食品。只在停靠前，列车的广播喇叭才响起，报告前方到达的车站名字。

开行一个多小时，我才第一次见到列车员。那是一个中年男子，很有礼貌地要我出示车票，然后对照他手中的乘客名单，在上面打个勾，说了声谢谢，把车票还给我。此后，他还来过两次，

沿途，山坡一片绿色

火车站的月台

沿途的火车站

一次给订了快餐的乘客送来一盒快餐，一次是快到堪培拉时前来收垃圾袋。整个列车，就他一个列车员。

列车上的厕所很干净，备有洗手液、纸巾、烘手机，还有240伏的电须刀插座。

火车在驶离悉尼市区之后，沿途的房屋变得稀稀拉拉。到了后来，很少见到行人、房屋。成片的牧场，像高尔夫球场似的，草地高低起伏，有牛有羊。大片大片的桉树林，大约是澳大利亚的原始林，并非人工种植的。沿途有多处隧道。大多数隧道不过几百米，有一处隧道很长，火车在隧道中开行了几分钟。

离堪培拉不远了

沿途靠站，每一个火车站差不多都是用红棕色的砖砌成的，窗户与门镶着白框，红白相间，显得典雅而爽目。月台上没有叫卖食品的小贩，只有一张张蓝色的长椅。除了有正规的站名牌之外，长椅上也用白漆写着站名，使旅客更加容易识别到了什么地方。

火车铁轨之侧，不时出现悉尼与堪培拉之间的高速公路。乘坐火车要比乘坐长途汽车宽敞得多，舒服得多，我庆幸自己作出正确的选择。

离开悉尼个把小时之后，雨住了。火车从悉尼到堪培拉，全程4个半小时。即将到达堪培拉的时候，竟然露出了明媚的阳光。真是老天有眼，天助我也！

堪培拉的“雷锋”

堪培拉车站竟然只有一个月台

堂堂首都火车站，只几间平房而已

火车停在终点站堪培拉。

堪培拉的火车站真叫我跌破眼镜：堂堂首都火车站，竟然只有一个月台！火车站的车站大楼，不过是一幢普普通通的平房而已。这平房的一边是候车室兼售票处，另一边是车站的办公室。这里没有饭店，只在候车室里有两个自动售货机，卖各种饮料罢了。堪培拉的火车站，甚至还不及中国的一个县的火车站！在那里，我只见到几个工作人员，一个是售票员，一个负责收发、托运行李，还有两个搬运行李的工人。

整列火车的旅客，不过50来人。下车之后，无人检票。人群稀稀松松从车站走出。这时，车站一侧停着一串出租车，公共汽车站停着两辆公共汽车。人们在几分钟内上了出租车、公共汽车，火车站顿时就变得冷冷清清。

堪培拉对于我来说，是一个无人相识、完全陌生的地方。事先，我请阿什菲尔德宾馆的小徐帮助我代订这里的连锁店。他查了一下，在堪培拉总共有三家连锁店，其中一家在市中心，已经没有空房；另一家在堪培拉远郊，是供有车族们住宿的，显然不合适；只有一家地处堪培拉东北处的连锁店，尚有两个床位，但是要有信用卡才能预订，而我没有澳大利亚的信用卡，只能碰运气。他告诉我，这几天堪培拉有重要会议，宾馆相当紧张。

在火车上，我查阅了堪培拉的地图，发觉火车站在堪培拉东南，跟那家位于堪培拉东北的宾馆可谓“南辕北辙”。考虑到我回悉尼的时候仍然乘坐火车，如此南北奔波，显然并不合适。

堪培拉火车站小小的候车室

下了火车，我按照中国的概念，以为火车站附近一定会有许多宾馆。于是，便与妻在火车站附近兜了一圈，只找到一家宾馆，已经满员。我们重返火车站，这时，我唯一的选择，是按照小徐给我的地址，前往那家堪培拉东北处的连锁宾馆。

然而，这时火车站已经人去车空，出租车一辆也不见了，公共汽车也走了。原来，那些出租车每天扣准悉尼的火车到达的时刻来到这里等客，公共汽车的到站时间也与悉尼火车到达时间相衔接。我来到公共汽车站查阅时刻表，下班车大约还要等 40 多分钟。

我和妻正在耐心静候之时，奇迹出现了：一位白发苍苍、一身蓝衣的老太太主动走了过来。她问我们要去哪里？我出示那家宾馆的地址。她一看就说，请上我的车！

她说着，便去开了一辆灰色的轿车，打开车门，让我和妻上车。这是我在堪培拉结识的第一位市民—— 一位堪培拉的“雷锋”。

她驾着车，向北穿越堪培拉。她问我，从哪里来？我说，来自上海。

她马上笑了起来，说上海是一个美丽的城市。她虽然没有去过中国，但是她的妹妹到过上海和西安，非常喜欢中国。

她又问，来堪培拉度假？我说，是的。我介绍说，我的妻子是教师。

她很高兴地说，她喜欢教师。

一边跟她聊着，我一边观看着堪培拉的景色。堪培拉跟悉尼截然不同，到处是树林、草地、花圃。一点也不夸张，堪培拉是一座花园城市。堪培拉的高楼大厦很少，绝大多数是平房或者两层的房子，掩映在树林之中。正值秋天，红色、黄色、绿色的树叶，交织在一起，构成一幅绚丽的图画。

车前出现一个宁静而水面似镜的湖，轿车从跨湖大桥上驶过。她告诉我，这是格里芬湖。沿途，行人很少，只见轿车在飞驶。这里的路，笔直的大道并不多见，大多数是短小的马路。轿车在这里不断地从这条小马路到那条小马路。老太太对于堪培拉的马路了若指掌，真可谓轻车熟路。

轿车一直向北。

当她见到一个路标之后，把轿车折入一个加油站。她向加油站的人打听那家宾馆的具体位置。过了几分钟，轿车的前方就出现那家宾馆的招牌。

作者和堪培拉的“雷锋”合影

我看了一下手表，从火车站到这里，她的轿车行驶了将近40分钟！

我赶紧下车，请老太太稍候。

我来到宾馆总台。我的运气不错，果真如同小徐所说，还有一间空房、两个铺位。这时，我奔到门外，把好消息告诉妻和老太太。

我再三向这位堪培拉的“雷锋”致谢，并在她的轿车前合影留念。照片显示，她的轿车的车号是“YDG-76D”。

她跟我和妻握别，驾车走了。直到看不见车影，我才与妻走进宾馆，在总台办理入住手续。

在澳大利亚，我多次遇上这样的“雷锋”：

在悉尼国王大街（KING STREET）问路的时候，一位中年妇女说了声“跟我来”，我以为她也去悉尼的循环码头，带着我走过好几条街，在告诉我“一直朝前走”之后，折身返回。我这才明白，她为了给我指路，特地领着我走到这里；

后来在堪培拉的国家首都展览馆附近，我找不到公共汽车站，有位妇女叫我等一下，她竟然也去开自己的小轿车，送我到附近的公共汽车站；

在悉尼动物园，我与妻想拍摄一张合影，找不到过路人。一位抱小孩的印度妇女走了过来，一手抱孩子，一手为我们拍照，真令我感动。

我到了墨尔本，跟当地作家阿森说起这些“雷锋”。阿森说了一句令我难忘的话：“这里的人的信念是，‘付出比得到更快乐’。”也就是说，澳大利亚人把帮助别人，看作比得到别人的帮助更加幸福。

在堪培拉那家宾馆，总台小姐也是一个热心人。在办好入住手续之后，她特地给我一张宾馆的平面图，用记号笔在附近的公共汽车站画了个圆圈，她还给我一张公共汽车的时刻表。

这里的所有客房都是平房。我和妻住进六号房。一进房间，就发现客房很大，居然有洗菜水斗、微波炉、饭锅、大冰箱、碗柜，柜子里有盘、碗、刀、叉，不言而喻，在这里可以自己做饭吃！难怪，我后来在宾馆的小卖部里，见到一包包大米，是用来供应旅客烧饭的。

堪培拉正阳光灿烂。我和妻用毛巾匆匆洗一把脸之后，马上离开宾馆，前往公共汽车站，抓紧时间前往堪培拉市中心。

在白纸上画出的首都

历史现象常常会惊人相似地重演。

澳大利亚首都堪培拉的历史，就与美国首都华盛顿的历史惊人相似。

堪培拉的街景

1776年7月4日，美利坚合众国在费城宣告成立，费城定为美利坚合众国的首都。然而，当时费城能够成为新生的美利坚合众国的首都，是因为反抗英国殖民统治的“大陆会议”，是在费城召开。宣告美利坚合众国诞生的著名的《独立宣言》，是在费城发布。费城是当年反抗英国殖民统治的大本营，顺理成章成为美国的首都。

然而，在美国独立之后，费城的首都地位引发了美国南北双方的激烈争论。北方各州希望把首都建在北方，南方各州希望把首都建在南方。直到1790年，南北双方终于达成妥协，把首都建在属于北方的马里兰州和属于南方的弗吉尼亚州的分界线上，两州各拿出一部分土地奉献给联邦政府，以供建造首都。这块土地的总面积为178平方公里，波托马克河从中间穿过。这就是华盛顿市的由来。

当时的华盛顿市是一张白纸，曾经参加过美国独立战争的法国工程师朗方，出任首都的总设计师。通常，建筑设计师所设计是一幢幢房子，而朗方所设计的是一座城市，一个国家的首都。正因为是在一片空地上建设一座城市，而事先又有周密的设计，所以华盛顿的城市布局井然有序，非常合理。自1800年起，美国的首都迁往华盛顿。

美国首都华盛顿的历史，在澳大利亚重演。

澳大利亚跟美国一样，原本是英国殖民地。澳大利亚先后形成英国的六个殖民地。1901年1月1日，澳大利亚的六大殖民地的自治政府成立了澳大利亚联邦，由英国的殖民地变成英国的自治领地。这时，墨尔本成为澳大利亚联邦的首都。

堪培拉街头的露天吧

然而，以悉尼为代表的南方势力，不满于定都墨尔本，要求把悉尼作为首都。与美国一样，澳大利亚南北双方的议员们为了定都墨尔本还是悉尼，展开激烈的争论。

南北双方互相抨击对方：

墨尔本议员挖苦悉尼议员是“犯人的后代”，因为悉尼最初是英国犯人的流放地，这样的地方怎么可以成为首都？

悉尼议员则称墨尔本是因循守旧的城市，这样保守的地方怎么可以成为首都？

据说，由于墨尔本和悉尼的议员僵持不下，就采取一个双方都同意的办法：墨尔本和悉尼各自选定一匹骏马，同时出发，跑向对方的城市，看谁先抵达对方，谁就算赢。结果这两匹马跑到相遇的地方，都跑不动了。因此议会作出裁决：就在这建新首都。这个地方就是现在的堪培拉。

这当然是传说而已。

由于墨尔本和悉尼的议员各执己见，跟美国一样，澳大利亚国会在 1903 年通过折衷方案——选择墨尔本与悉尼之间的第三地作为首都。

1908 年，议员们在考察了 23 个地区以后，选中了遍地是绿草、山羊和袋鼠出没的堪培拉。当时的堪培拉，只是一个拥有 1142 个农民、一所小教堂、一间杂货铺、一个铁匠铺、一所小邮局的村庄。也就是说，堪培拉跟最初选定的华盛顿一样，是一张白纸。

堪培拉是在 1841 年才出现的小村庄。堪培拉一词源于澳大利亚土著语，原意有几种不同解释：一为“聚会的地方”；一为女人的乳房，因该地有两座小山，远看如乳房；还有一说为流经该区的莫伦格鲁河湾。如今，人们把第一种解释加以变通，把堪培拉的含义说成是“开会的地方”——作为首都，当然是“开会的地方”。

当然，一个小村庄无法作为首都。1911 年元旦，澳大利亚联邦政府作出决定，新都定为堪培拉。以小村庄堪培拉为中心，从新南威尔士州划出 2359 平方公里的一片土地，作为澳大利亚首都区。这里海拔 580 米，距悉尼 300 公里。

跟当年建设华盛顿一样，首先要公开征集首都的设计方案。澳大利亚政府向全世界公开征求首都堪培拉设计方案，137 个设计方案从世界各地源源而来。美国芝加哥年轻的环境美化专家沃尔特·贝理·格里芬 (Walter Burley Griffin) 脱颖而出，赢得了好评。格里芬设计方案有两大特点：一是整个堪培拉市以国会山为中心，从国会山出发，建造放射型的城市街道；二是开凿一条狭长的人工湖，使堪培拉沉浸在湖光树影之中。

其实，当时格里芬并没有到过堪培拉，甚至没有来过澳大利亚。

1913 年 8 月，格里芬被任命为澳大利亚首都设计和建造主任。格里芬从美国芝加哥来到堪培拉，制作详尽的城市规划。不久，爆发了第一次世界大战，延缓了堪培拉的建设进度。直至 1918 年，格里芬完成了堪培拉的总体设计。

1927 年，澳大利亚政府迁都堪培拉。澳大利亚政府一边在那里办公，堪培拉一边在继续建设之中。

不过，在一片荒野上建设一座现代化的城市，谈何容易。尤其是格里芬方案的核心是挖掘一个硕大的人工湖，工程量极大。直到 1963 年，人工湖才终于竣工。

在 20 世纪 70 年代，堪培拉市中心才大体建成。

1988 年，国会大厦落成。

这时，一座美丽的按照图纸建成的城市，呈现在人们面前。

这时，人们才真正体验到格里芬的设计的美妙真谛。

格里芬的设计方案获得了联合国城市设计金奖。为了纪念格里芬的杰出贡献，澳大利亚政府把堪培拉的人工湖命名为格里芬湖。

除了华盛顿和堪培拉之外，世界上第三座按照图纸统一设计出来的首都，是巴西的首都巴西利亚。

巴西新建首都巴西利亚，不是由于不同政治势力的争议，而是由于巴西人口过分集中于沿海，巴西立宪就决定在内地建都。1957 年 3 月，巴西公开征集首都总体设计方案，规划师路西奥·科斯塔 (Lucio Costa) 的"飞鸟"型方案得胜。巴西新都的进展迅速，在 1962 年就基本建成。

巴西利亚市区就像一架巨型客机在飞行，"机头"部分是总统府、联邦最高法院和国会，"前舱"是政府各部的办公大楼以及和平大教堂和国家剧院；"机舱"及"两翼"是居民区、商业网点；"飞机"前方是呈"人"字形的帕拉诺阿湖。这样形状的城市，在全世界独一无二。

不论是华盛顿、堪培拉，还是巴西利亚，这三座按照最佳图纸设计出来的首都，都具备整体感，分布合理，井然有序，环境优美。

在荒野上建成的现代化的城市堪培拉

漫步堪培拉

到处是树木的堪培拉

堪培拉的空气是清凉、清新又清净的。蓝天上飘着轻纱般的白云。到处是花草，到处是树林，如同置身于一个城市花园、花园城市。漫步堪培拉，使我的精神为之一爽。

堪培拉是一座年轻而又富有特色的城市，给了我美好的印象。在我看来，堪培拉有四大特色：井然有序，满目苍翠，安静舒适，有山有水。

其一，堪培拉井然有序，显然是因为这座城市是经过严格的整体设计之后着手建设的，不论是建筑物、道路，都井井有条。

堪培拉的城市建筑群落布局严整，除了市中心的格里芬湖湖畔有一些高层建筑之外，其他地方都是二三层的建筑。堪培拉的居民住宅，90%以上是单门独户的二层小楼。

在火车站，我拿到一张免费赠阅的堪培拉地图。看了几眼，我就对堪培拉的城市布局有了初步的了解。一个东西走向的狭长的格里芬湖，横卧在堪培拉市中心，把堪培拉分成南北两部分。两座大桥，西为联邦桥，东为国王桥，跨过格里芬湖，连接着湖南区和湖北区。

湖南区主要是行政区，澳大利亚政府机关集中在这里，外国驻澳大利亚的大使馆也集中在这里，可以说是“办公区”。湖北区则主要是商业区、住宅区。

湖南区的中心是一座小山，名叫国会山。国会山也是堪培拉的中心。围绕国会山，有一圆环路。六条主要的马路，从这个圆环呈放射状通向四面八方。

湖北区的中心也是一座小山，名叫城市山。这两座山隔着格里芬湖遥遥相对，以一座联邦桥相连。堪培拉的澳大利亚土著话原意之一，是“女人的乳房”，指的就是隆起的这两座小山——国会山和城市山。

联邦桥的两头挑着国会山和城市山这两座小山，看上去像一个哑铃。

在堪培拉湖北区

堪培拉是世界上园林化程度最高的城市之一

格里芬湖成了堪培拉的灵魂

在湖北区的城市山前，有一个很大的广场，叫市民广场。围绕市民广场，有一个呈六角形的环形路，叫做伦敦环路，构成了湖北区的交通中心，跟湖南区的圆环路相对称。

如此对称有序的城市布局，正是因为事先有着周密的城市规划。

其二，堪培拉满目苍翠，是因为这座城市非常注重绿化，人称“大洋洲的花园”。不光是道路两侧全是树木，而且所有住宅的房前屋后都是花草树木。在堪培拉，不论是谁盖了新房子，都可以从市政府领到免费的“绿色礼品”：40 丛灌木和 10 株树木。正因为这样，堪培拉家家户户绿树环绕，草翠花香。

堪培拉是世界上园林化程度最高的城市之一，城市绿地占城区总面积的 58%，人均绿地面积仅次于华沙而居世界第二位。

堪培拉总人口为 30 万人，市中心区为 6 万人。在堪培拉市中心区，分布着十几个公园。市民最多只需要步行 800 米，就可以来到一个林木繁茂的公园。

堪培拉在建都之际，就规定不得建围墙。政府机关、各国使馆、家家户户，都以树木花草建成一道道绿篱。堪培拉的郊区，更是森林葱郁，令人赏心悦目。

其三，堪培拉安静舒适，是因为这座城市地大人少，宁静安谧。

堪培拉是首都，是政府机关所在地，除了鸟叫声，没有闹市那种喧嚣。

为了杜绝来自空中的杂音，堪培拉没有修筑大型机场，只在 10 公里外建了一个不大的机场，作为国内机场，不是国际机场。

2007 年 9 月的 APEC 会议，在悉尼召开，而不是在首都堪培拉召开，其中的原因之一就是因为堪培拉的机场太小，无法接纳那么多外国元首的大型专机。

其四，堪培拉有山有水，那山不高，原本就有，倘若光有山却没有水，那就大为失色。格里芬的贡献之一就在于给堪培拉设计了一个巨大的人工湖，湖的周长达 35 公里。倘若不是事先知道这是人工湖，谁都以为是一个天然湖。

格里芬湖成了堪培拉的灵魂。有了格里芬湖，堪培拉才有了湖光山色。有人形容堪培拉是“一城山色半城湖”。倘若没有格里芬湖这“半城湖”，堪培拉就只剩“一城山色”了，堪培拉也就黯然失色。

一城山色半城湖

作者在澳大利亚新国会大厦前

堪培拉的国会山

手持堪培拉地图，我和妻在堪培拉自由行。我的第一目标，就是直取堪培拉的中心——国会大厦。

宾馆前就是公共汽车车站，很方便。来到那里，等车的只有我和妻。跟上海相比，上海人多车密，而堪培拉则是人少车稀。等了大约十来分钟，公共汽车终于来了。倘若在上海，十来分钟之中，早就有三四趟公共汽车驶过。

堪培拉的公共汽车很空，乘客无几。堪培拉人均汽车是 1.5 辆，也就是平均两人拥有三辆汽车。正因为这样，绝大部分市民外出都驾驶着私家车，乘公共汽车的往往是老人、小孩以及我这样的外地游客。也正因为这样，沿途也很少见到行人，只有一辆辆轿车飞驰而过。

我住在湖北区。从联邦桥上越过格里芬湖，就来到湖南区，第一站就是国会山，我在那一站下车。

来到这里，不由得记起，我在游历美国首都华盛顿的时候，也见到一座国会山，美国的国会大厦就建在国会山上。华盛顿的那座国会山，严格地讲，只是一个高约 20 多米的小土坡而已。

眼前的堪培拉的国会山，其实也只是一个小土山。澳大利亚参议院、众议院所在的国会以及澳大利亚联邦政府总理办公室，都在这座小土山上。

美国和澳大利亚的国会大厦，都建在首都的小山的山顶，高高在上，象征着权力至高无上。

我是从倾斜的“山坡”走向国会大厦。这“山坡”上，铺满深绿色的草坪，没有一根枯草，平平整整，看上去真像一匹无比巨大的绿色地毯。后来我才发觉，这“山坡”原来是国会大厦倾斜的屋顶，巧妙地跟真正的山坡连接在一起，全都覆盖着厚厚的草坪，形成一片绿色的世界。

在倾斜的“山坡”的尽头，有一幢白色的大厦，那便是澳大利亚联邦的国会大厦。引人注目的是，大厦顶部有一个五足鼎立的铁塔式旗杆，用银白色的不锈钢做成，旗杆高达 81 米，在阳光下银光锃亮，格外耀眼。旗杆之上，平日飘扬着一面巨大的澳大利亚国旗，可惜我去的那天是周六，没有升国旗。

这条红棕色的大道，直通白色的国会大厦

走过倾斜的“山坡”，我见到一条红棕色的宽阔道路，上面铺着红色细石，踩上去却像踩在运动场上的塑胶跑道。这条红棕色的大道，直通白色的国会大厦。

铺着白色大理石的国会大厦大厅

国会大厦常年对公众开放，成为前往堪培拉的旅游者必到的观光场所。步入国会大厦，迎面就是铺着白色大理石的颇具气派的大厅，矗立着 48 根青灰色大理石圆柱。这里还悬挂澳大利亚历届总督、总理、议长及著名国会议员的肖像油画。

大厅的东西两侧分别是国会下议院和上议院的会议厅，可以自由参观。周末，正值国会休会。据说，下议院和上议院在平日举行会议的时候，市民经过预约，可以入内旁听会议，只是没有发言权，但是可以发出赞同的喝彩声或反对的斥责声。澳大利亚人口不多，所以议员人数也不多，上议院 76 人，下议院 148 人。在全世界，允许普通市民进入国会旁听的国家寥寥无几，澳大利亚是其中的一个。

在国会大厦有一幅巨大的挂毯

在国会大厦，我见到一幅巨大的挂毯，足有普通电影银幕四五个那么大，据说是世界上最大的挂毯之一。挂毯看上去像茂密的白桦林，但是那树干却又是那么地细。此外，红、褐、黄等色彩夹杂其中，不像白桦林那样以白、绿两色为主，充满梦幻般的意境，似树非树，似花非花。这幅超现实主义的挂毯是根据澳大利亚艺术家阿瑟·博伊德

抗议者或坐或站,秩序井然

澳大利亚旧国会大厦

的作品制作的。博伊德是澳大利亚著名画家,出生于1920年。他早年画风景画。从20世纪50年代起,他受超现实主义、社会现实主义和表现主义影响,画风改变。从20世纪60年代起,开始以神话和文艺复兴爱情故事为题材,采用变形手法作画,形成自己独特的创作风格。

国会大厦在地面之上的建筑共有六层。地下为很大的停车场。

这座规模宏大的国会大厦,通常被称为"新国会大厦",因为这座国会大厦是在1988年5月9日正式启用。此前,澳大利亚联邦的国会大厦在格里芬湖畔,与新国会大厦遥遥相对。

新国会大厦是从28个国家的329幅设计图中,评选出美国米切尔、吉尔果拉和澳大利亚的R.索普的设计方案,加以综合而成。从新国会大厦立项、征集方案到最后确定方案,落实建设资金,前后花费了十年时间。接着,经过7年精心施工,总耗费9.824亿美元,才终于建成,成为堪培拉的标志性建筑。

我从国会大厅走出的时候,站在大门口,俯视着堪培拉沉浸于浓绿色之中的风景。

我缓步走下国会山的时候,听见一阵阵呼喊口号声。在宁静的堪培拉,这样的高声喊叫,显得格外引人注意。我循声寻去,见到几十个澳大利亚人集结在新国会大厦前的广场上,拉着蓝地白字的横幅,正在抗议政府。抗议者或坐或站,秩序井然。

我继续往下走,便来到旧国会大厦。

旧国会大厦也是白色的大楼,是迁都堪培拉的那一年——1927年落成。后来曾经有过两次大的扩建。直至澳大利亚庆祝建国200周年,即1988年,新国会大厦落成。

相比而言,新国会大厦当然更加雄伟气派,但是旧国会大厦仍显得典雅庄重。旧国会大厦是澳大利亚从1927年到1988年历史的见证，这61年间所有澳大利亚的国际、国内重大事件的辩论与决策，都在这里进行。正因为这样，如今这里改为澳大利亚的历史博物馆，是恰如其分的。

一路走来，树木密集，阳光透过树叶间的空隙，一缕缕照在铺满落叶的地上。在绿树的簇拥之下，国家图书馆、国家科技中心、高等法院、国立美术馆巍然而立。

在林间小路中徐徐而行。初秋时节，层林尽染，深红浅黄，树叶各色纷呈。忽然见到树叶之上，冒出高高的白色的水柱，我不由得加快了脚步，来到格里芬湖边。

格里芬湖平静无波，水面似镜，然而从湖中心喷出的高大水柱，打破了格里芬湖的静谧。那像一把银色利剑直刺碧空的，便是著名的库克喷泉。

库克喷泉的水柱高达150米，是目前世界上喷得最高的人工喷泉。这是澳大利亚政府在1970年为了纪念库克船长发现澳大利亚200周年而建的。据称，喷泉的喷射口具有750马力，喷速为每小时200公里。库克喷泉使格里芬湖静中有动。冲天的水柱在阳光下熠熠生辉，从半空中落下的水珠击碎湖面，激起一圈又一圈涟漪。

我非常喜欢为堪培拉“点睛”的格里芬湖。当我与妻沿着湖滨小道缓缓散步，不时有人从我们的身边擦过。那是热心体育锻炼的澳大利亚人，正在沿湖跑步。

从格里芬湖向西望去，远处有一座高山，那是高度为825米的黑山，山顶有一白色高塔——电信塔，塔的高度为195米，是堪培拉全城的最高建筑物。

我沿着格里芬湖向着联邦大桥走去。大桥之上的汽车，如同过江之鲫。不过，大桥两侧有很宽的人行道，我从容地一边走过大桥，一边观赏格里芬湖上那库克喷泉的美

格里芬湖的联邦大桥和远处的堪培拉电信塔

库克喷泉的水柱高达一百五十米

树林淹没在淡淡的晨雾之中

伦敦环道路标

伦敦环道附近的停车场停满轿车

丽景色。

走过联邦大桥之后，我在格里芬湖旁，见到一座铁制空心地球仪，上边标示着英国探险队第一次从英国到达澳大利亚的航海路线。

此后，我在湖北区漫步。我发现，湖北区跟湖南区的景象截然不同。这里要比湖南区热闹得多，因为这里是商业区。在伦敦环道附近，我见到巨大的停车场，停满了轿车。

湖北区有很多的餐馆。不过，天色渐晚，很多餐馆已经关门了。我来到一家很大的商场，乘卷扬电梯来到地下一层，那里聚集着20多家餐馆，却大都把椅子倒放在桌子上，正准备打烊呢。我见到好几位中国留学生在那里打工。他们告诉我，这里中午的生意很好，但是到了晚上，光顾的客人就明

堪培拉的商业区相当热闹

堪培拉街头雕塑

显少了，所以他们早早就收工了。

还好，还有两家餐馆开着，其中一家是通宵营业，所以我总算在那里吃了晚饭。

入夜，堪培拉格外安静。这里本来就人口不多，到了夜间，街上的人就更加少了。大部分堪培拉人喜欢呆在家里。我在湖北区的中心市民广场，很少见到游客。我乘公共汽车回宾馆的时候，一路上只见到不多的几辆轿车迎面驶过，沿途没有见到一个行人。

夜里，宾馆里是那么地安静，真的可以用绣花针掉在地上都听得见来形容。

第二天清早，我打开房门，迎面就是一股清冷的空气。我赶紧穿上了茄克衫。我在宾馆附近漫步，见到树林淹没在淡淡的晨雾之中。

迎着朝阳，我和妻又去堪培拉市中心，在那里自由行，品味这座按照一张统一的图纸设计出来的城市，品味澳大利亚首都的无穷魅力。

澳大利亚花絮

一周发一次工资

澳大利亚银行营业厅

在中国，习惯于按月发工资，称为“月薪”。在美国，按年计算工资，称为“年薪”。到了澳大利亚，发觉这里是一周发一次工资，称为“周薪”。

澳大利亚实行周工资制，每周四为发工资的日子。

我问澳大利亚朋友，为什么澳大利亚要实行一周发一次工资呢？

他们笑着告诉我，澳大利亚人对待金钱的观念跟中国人不同：中国人喜欢存钱，据统计，2007年中国居民储蓄总额突破12万亿元便是明证。也就是说，不分男女老少，不论城市农村，中国人现在每人平均差不多在银行里储蓄一万元；然而，澳大利亚人不存钱，没有储蓄的习惯，工资一到手就花，一直到花光为止！正因为这样，倘若一个月发一次工资，那么很多澳大利亚人会在月初拿到工资时花天酒地，而到了月底则揭不开锅。于是，只能改为一周发一次工资，尽量减少一次到手的钱不要太多，使澳大利亚人的生活均衡一些。

即便是一周发一次工资，在澳大利亚还是发生这样的现象：一到周四晚上，商场、餐馆、酒吧都不得不延长营业时间；从周五到周日，商场、餐馆、酒吧的生意也都不错。到了周一，生意明显萧条。到了周三，生意最为惨淡。

澳大利亚人调侃道，从周一到周四，他们过的是奴隶的生活；从周四到周日，过的是上帝的生活。

也有的澳大利亚人这么自嘲，从周一到周四，他们是孙子；从周四到周日，他们是老爷！

我问起他们的周薪，一位澳大利亚白领给我打了个比方，他每周的工资足够买一张从悉尼到欧洲的往返机票。

假日，悠闲的澳大利亚人

据统计，2006年澳大利亚人的平均周薪为806.70澳元。即便是按照一澳元兑换6元人民币计算（由于澳元连连升值，在2007年4月已经涨到1:6.45），也要达到4300多元人民币。何况这仅仅是平均周薪，还不是平均月薪。

按照2006年的统计，澳大利亚的工资收入，排在世界发达国家首位。按照收入的多寡，在世界发达国家中依次为澳大利亚、英国、法国、美国、意大利、加拿大、德国、日本。

我问起澳大利亚记者的周薪，他们告知记者分为十级，实习生（大学新闻专业毕业生的实习期为一年，非专业的实习期为三至四年）的周工资为714澳元；第五级记者的周工资为1135澳元；第十级为1837澳元。澳大利亚人收入高，所以私家车像中国的自行车那么普遍。老百姓的住房，普遍宽敞。

我的朋友告诉我，他每年有四周可以带薪休假。如果不休假，可以领取双倍工资。工作不错的话，在年底还可以领到一笔相当于四周薪水的奖金。

周薪低于300澳元的，为低收入者，可以向政府申请补助。

澳大利亚工资高，税收也高。澳大利亚采取累进税制，即收入越高，税率也越高，以尽量减少贫富差别。在澳大利亚，到了18岁就有一个税号，年收入2万澳元，交税15%；年收入4万澳元，交税21%；年收入10万澳元，交税40%。人们说，澳大利亚社会是一个“两头小中间大”的社会，即大富豪和贫穷的人都少，而占多数的是中产阶级。

澳大利亚税收高，福利也高。在澳大利亚，生病有保险，失业有救济金，退休有退休金，人们没有后顾之忧。正因为这样，他们不必为明天担忧，也就今朝有酒今朝醉，今天有钱今天花。为了适合国民的这种消费心理，“周薪制”也就成为必然。

我的一位墨尔本的朋友告诉我，他的太太生孩子，从住进医院待产，到满月出院，只要拿出医疗卡刷一下，一分钱都不必付。出院回家之后，医院还派出护士，到家里教你如何护理婴儿，直到你学会为止，而这些服务也都是免费的。

澳大利亚对于单亲父母最为照顾。不论是单亲父亲或者是单亲母亲，每周可以领取600澳元的生活补贴。

不过，据一位悉尼的朋友告诉我，在澳大利亚养儿育女，负担最重的是孩子送进托儿所的时候，每天的费用是60~80澳元，这费用要由家长缴付。倘若家长没有工作，

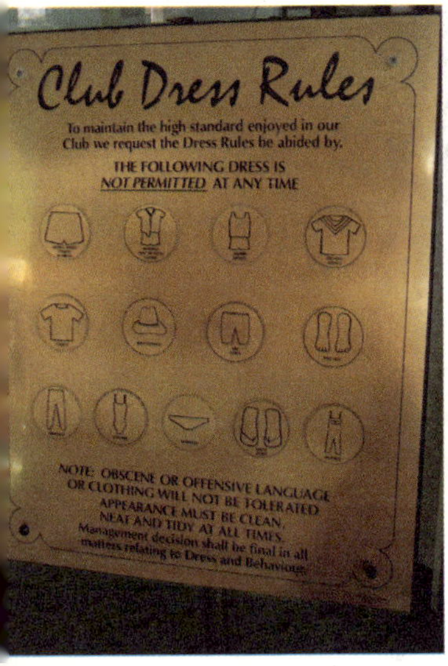

进入退伍军人俱乐部的规定

退伍军人俱乐部里的老人

可以减免60~70%。

过了这一关，孩子五岁了，从托儿所进入学前班，直到高中毕业，可以享受福利了，所有的学费都是免费的。

孩子高中毕业之后，考入大学，可以申请贷款。这贷款在孩子大学毕业之后，工作了，在年薪超过36000澳元的时候，再分期还贷。如果年薪低于36000澳元，可以暂时不还贷。

在澳大利亚，看病不花钱。我的朋友王亚法从上海回到悉尼，作全面体检，这体检是免费的。在体检中，发现心脏有点毛病，几位专家为他会诊，也是免费的。

看了病，买药要自己花钱。不过，周薪低于200澳元的低收入者，可以申请一种黄卡，在买药时受到优惠。即便是很贵的药，凭黄卡，往往只花几澳元就给你了。

测试糖尿病的试纸，医院是免费供应的。在阿什菲尔德，我见到那里的医药商店门口，挂着“免费测血糖”的牌子。

正因为澳大利亚有健全的医疗保障，所以澳大利亚人的平均寿命，仅次于日本，居世界第二。

澳大利亚的养老制度也很健全。公司里的员工到了法定退休年龄，即男60岁、女55岁，可以一次性从公司领到一笔数目可观的退休金。退休金是由员工退休前缴扣和公司积累形成的，是法律强制实施的。另外，只要是澳大利亚的公民，男满60岁、女满55岁，每人每月可以从当地政府领取400澳元养老金。

李剑云先生年龄超过60，他拿出一张老人交通卡给我看，凭这张卡，他在悉尼只花2.5澳元，就可以乘坐市内任何公共交通工具，不论乘多少次，不论乘多远。

在这里，顺便提一下，在悉尼我还见识了为老年人服务的“退伍军人俱乐部”。

记得，第一次走进“退伍军人俱乐部”，是李剑云先生带我去的。那家“退伍军人俱乐部”在阿什菲尔德附近。李先生请我们在那里吃自助餐，我和妻是每人12澳元，他本人持有俱乐部的卡，只花了8.5澳元。这样的价格，在悉尼算是很低廉的了。

李先生从未在澳大利亚军队里任职，他怎么会是“退伍军人俱乐部”的成员？

原来，这“退伍军人俱乐部”几乎在悉尼的各个社区都有，其实有点类似于中国的退休老干部活动中心。本来是为退伍军人服务的，由于退伍军人毕竟有限，后来也就扩大了服务，成为社区的活动中心。服务的主要对象为老年人。

我参观了这家“退伍军人俱乐部”，规模挺大，里面有商店，有咖啡吧、酒吧，有健身房，还有赌场。那天是中午，除了吃自助餐的人很多之外，别的场所的人并不太多。

不过，这“退伍军人俱乐部”有个规定，进去的时候不许戴帽，不许穿背心，不许趿着拖鞋，以表示对于在战场上阵亡的战士的尊敬。

一天晚上，王亚法先生带我来到他那社区的“退伍军人俱乐部”喝咖啡。他居然也是这家“退伍军人俱乐部”的成员。

这家“退伍军人俱乐部”看上去规模更大。由于时值夜晚，来到这里的老人很多。有聊天的，有跳舞的，有下棋的，有玩老虎机的。能够成为这种“退伍军人俱乐部”的成员，也是澳大利亚退休老人的一种福利。

澳大利亚胖子多

退休老人如果要出国旅游，可以提出申请，领取旅费，回国之后从退休金中分期扣还。

我在澳大利亚那么多天，没有在街头看见一个乞丐。澳大利亚完善的福利制度，使最贫穷的人也不必靠乞讨为生。高工资、高税收、高福利，这就是澳大利亚实行的政策。

高福利消灭了澳大利亚的乞丐，却成了懒汉的温床。

在澳大利亚，什么事也不干，每周也可以领到158澳元的救济金。这为懒汉提供了最“适宜”的生存环境。正因为这样，懒汉成了澳大利亚的“特产”。高福利造就了澳大利亚的一批懒汉。

再说，心宽则体胖。生活优越而又无忧无虑，加上喜欢吃高脂肪食品，又造就了澳大利亚一大批胖子。在澳大利亚街头，常可以见到“超级胖子”。中国的胖子，到了澳大利亚，可谓小巫见大巫。澳大利亚的胖子们似乎对自己那航空母舰般的身体，毫不在乎，依然大摇大摆走在马路上。在澳大利亚，我似乎见不到减肥广告。

“懒汉多，酒鬼多，胖子多，苍蝇多”，成为澳大利亚的“四多”。

澳大利亚的苍蝇多，是由于澳大利亚是以畜牧业为主的国家，苍蝇也就大量在牧场繁殖。

也正是因为澳大利亚的高福利社会，偷窃、抢劫之类案件不多，社会安定、安全。

澳大利亚的物价

周五到周日餐馆人满为患

到了澳大利亚，明显地感到澳大利亚的物价远远高于中国。

有人说，在澳大利亚，商品的绝对数字跟中国差不多，只是底下的单位从人民币（元）换成了澳元。比如，在中国卖10元人民币的商品，到了澳大利亚，价格就是10澳元。

这话，大致上符合实际情况。当然，随着商品的不同，那“绝对数字”有时也并不完全相同，只能说相近罢了。

比如，我这次去澳大利亚，忘了带数码伴侣的USB导线，便去卖数码相机的商场买了一根，15澳元，相当于95元人民币，而在上海花10元人民币就能买到。

就拿可比性很大的矿泉水来说，在澳大利亚通常是2~2.5澳元一瓶，而在中国，则是一元多人民币一瓶。

其实这也不奇怪，澳大利亚工资高，收入高，物价当然也高。

不过，在澳大利亚，各地商品的价格也不相同。物价最高的是悉尼，而墨尔本就要比悉尼低。

我在这里列举的价格，是悉尼的价格。

相对于澳大利亚人的收入，食品的价格算是低的，食品的消费只占他们总收入的一小部分。比如，一公斤大米1.5澳元，一公斤猪肉5~8澳元，二立升牛奶2.5澳元，一公斤鲈鱼6~10澳元，一公斤海蟹17澳元，一公斤龙虾23澳元，一公斤海虾20澳元左右，一公斤三文鱼22澳元……其中的龙虾价格即使换算成人民币，也比中国低，因为中国的龙虾很多是从澳大利亚进口的。

这里的巧克力也便宜，而且质量很好。

麦当劳、比萨之类快餐，通常花十来澳元可以吃一顿。在澳大利亚，麦当劳铺天盖地，而肯德基不大见到。

日常生活用品的价格，大致是：毛巾，10 澳元一条；床单，20 澳元一条；棉被，50 澳元一条；羊毛毯不贵，50~100 澳元一条，因为澳大利亚出产羊毛。

由于澳大利亚的烟税很重，这里的香烟 5 澳元左右一包，好一点的要 7~10 澳元一包。

街头杂技，吸引不少悉尼人

公共汽车票通常是至少 3 澳元，而地铁要根据所乘的站数计算，通常 5 澳元以上。不过，有好几次，我发现同一条路线，去程跟回程的车票价格不一样。当地朋友告诉我，那是因为不同时段的价格不同。

由于澳大利亚的工资是按周发放的，所以澳大利亚的房子的租金也是按周计价的。可是，你别误以为澳大利亚的房子是可以只租一个星期或者两个星期。在这里，租房通常要半年以上起租。这正如中国的房租是按照月租计价，但是并不是说你可以只租一个月。

房屋租金不像矿泉水那样可以一概而论，因为房屋的租金跟房屋的地段、大小、新旧以及家具的配置等等有关。一般来说，悉尼市区的二室房，周租大约 150~200 澳元，每月大概 600~800 澳元。三室一厅的房子，月租大约 2000 澳元以上。租房时，房客除了要交付 2~3 个月的房租之外，还要交付 4~6 周的押金。

我大致开列澳大利亚“食、住、行”的价格，使读者诸君对澳大利亚的物价有一个初浅的了解。至于“衣”的价格，跟款式、料子、牌子等等相关，难以列出具体的价格。

我询问来到这里的中国自费留学生，除了家庭经济条件非常宽裕的之外，一般来到澳大利亚之后都非常节省。他们说，买东西的时候，老是要把澳元乘上六——也就是说，虽然他们身在国外，消费观念仍是中国的，总是要跟中国的同样的物品的价格相比。这么一比，买什么东西都买不下手。

在这里生活久了，尤其是在澳大利亚工作之后的华人，就没有“老是要把澳元乘上六”这种观念了，也就适应了澳大利亚的物价，适应了澳大利亚的生活。

其实，在资本主义世界，澳大利亚的工资水平是最高的，但是物价还不是最高的。

有人说，“拿澳大利亚的工资，在中国生活，那就是皇帝过的日子”。眼下，除了澳大利亚企业派驻中国的代表之外，很少有人能够享受这样的“皇帝过的日子”。

红红绿绿环保袋

一家老小四周放着四个红色的环保袋

在悉尼街头，我常常见到人们挎一个或者拎一个鲜绿色的长方形的大袋子。这种袋子的颜色过分地鲜艳，而且样子也很普通。我不知道悉尼为什么流行这样的袋子？

到了墨尔本，我又见到那里的人们同样喜欢挎一个或者拎一个长方形的大袋子，只是颜色大都是鲜艳的玫瑰红色。

我在墨尔本的一个绿色的草坪上，见到一家七八口人围坐，在那里野餐，四周放着四个玫瑰红色的袋子，像绽放的四丛玫瑰花，咔嚓，我揿下照相机的快门。

我问墨尔本作家阿森，为什么这里流行这样红红绿绿的袋子？

阿森告诉我，这是“环保购物袋”，通常简称“环保袋”。如今，在澳大利亚的超级市场，虽说仍然免费供应那种塑料薄膜袋，用来盛放所购的物品，但是顾客大都自觉抵制那些塑料薄膜袋，而是使用这种环保袋。各个超级市场都供应环保袋，每个环保袋定价 0.99 澳元。

阿森强调说，如今澳大利亚的妇女不以挎名牌皮包为荣耀，而是以拎环保袋为时尚。

阿森的话，给我解开了环保袋之谜。

我当年是北京大学化学系毕业的。我明白，超级市场免费供应的那种透明塑料袋，通常是用聚乙烯塑料或者聚氯乙烯塑料制成的。聚乙烯塑料、聚氯乙烯塑料成为垃圾之后，难以分解，给环境造成了污染。正因为这样，澳大利亚提倡用环保袋取代聚乙烯塑料袋、聚氯乙烯塑料袋。

从墨尔本回到悉尼之后,我和妻特地来到一家超级市场,果真在出口处见到出售鲜绿色的环保袋,妻一下子买了三个,也加入以拎环保袋为时尚的队伍。

悉尼作家王亚法听说我们这么喜欢环保袋,也从家里拿了三个送给我们。这种环保袋,是用无纺布做的。王亚法告诉我,其实环保袋的成本不只0.99澳元。澳大利亚政府为了推动以环保袋取代塑料袋的工作,特地降低环保袋的价格,以求能够让普通百姓乐于接受。考虑到在澳大利亚生产环保袋,成本很高,澳大利亚政府委托中国企业生产环保袋。所以,澳大利亚街上流行的环保袋,大都是中国制造。

不过,中国虽然为澳大利亚生产了大量的环保袋,在中国本身,环保袋并没有成为“时尚”。

在美国,2007年推出的时尚环保购物袋,是用丝绸和小牛皮手工制作,可以折叠成钱包大小,价格高达960美元,乏人问津。英国推出的“我不是塑料袋”的时尚环保购物袋,售价15美元,也无法普遍推广。澳大利亚的环保袋走大众化之路,价格不到一美元,得到了普遍推广。

悉尼的朋友们还告诉我,在2007年3月31日晚7时30分到8时30分,悉尼的企业、政府部门和个人停止使用电器一小时,目的是用行动响应节约能源、减少温室气体排放和减缓全球气候变暖。

这是世界著名环保组织“世界自然保护基金”和澳大利亚最大报纸之一《悉尼先驱晨报》近日联合发起一项名为“地球时间”(Earth Hour)的活动,得到广泛支持。悉尼市民普遍参加这一活动。入夜原本灯火辉煌的悉尼,在那一小时里变成漆黑一团。在这“黑暗”的一小时:人们关上电灯、电视、电脑、空调,出去散步,看星星,举行烛光晚宴,和家人、朋友坐在一起聊着有关环保和全球变暖的话题。

这是因为大量排放二氧化碳,使全球的气候日益变暖,对人类和地球生物造成极大的威胁。然而,在悉尼,办公室的电灯通宵不关,公司里的电脑昼夜一直开着,已经成为“习惯”。

据报道,在2006年元旦,时值盛夏的悉尼由于大气温室效应,进入灼热天气。高温导致了火灾,火车停运,航班中断,甚至造成了新年时悉尼郊区的停电。

澳大利亚科学及工业研究机构(CSIRO)所做的全球变暖项目研究显示,悉尼平均每年温度高于35℃的天数通常在三天左右,预计到2030年这种高温天气会翻一倍,而到2070年会增加到18天。CSIRO气候研究所的院长克莱夫·汉密尔顿

(Clive Hamilton)说,这将对悉尼这座城市的基本设施是一个巨大的考验,同时也增大了与高温相关的健康风险。

汉密尔顿说:“我们预计澳大利亚的各大城市在未来十年内高温天气的天数会增加一倍,干旱会变得很普遍,甚至化石燃料燃烧导致的大量碳污染在澳大利亚已经变得不可控制。”

在过去200年中,由于工业的迅速发展,工厂迅速增加,大量排放的温室气体致使大气层获取了更多的热量,使整个地球升温。

悉尼的“黑暗一小时”运动,有助于加强悉尼市民的环保意识,加强节约能源的观念。正因为这样,悉尼市政府大力支持“黑暗一小时”运动。

母亲身边是小女儿和绿色环保袋

悉尼市正在推行一项环保计划,准备在一年内把悉尼的温室气体排放量减少5%。

悉尼有着强烈的环保意识。悉尼在申办2000年奥运会的时候,就响亮地提出“美丽悉尼,绿色奥运”的口号。

悉尼是这么说的,也是这么做的。悉尼奥运组织者对环境保护的承诺包含五大部分,即能量循环,水资源回收,减小和避免浪费,污染处理以及重要的自然和文化景观保护。他们都做到了。

悉尼奥运会的巨大场馆,是建立在原先的又脏又臭的百年垃圾场之上。光是改造环境这一点,就受到了世界各国的一致好评。

他们连种种细节,都充满环保意识。悉尼在2000年奥运会期间,所用的一次性饭盒,都是环保的纸浆模餐具,而不是不能降解的泡沫塑料饭盒。澳大利亚通过FDA标准检验合格评选,向中国福建订购了大批环保纸浆模餐具。

悉尼奥运会就连火炬也注意环保,采用容易充分燃烧的丙烷和丁烷的混合物作为燃料,减少有害气体一氧化碳的排放。

悉尼市政府以及广大市民的强烈的环保意识,是值得其他城市学习的。

我们确实应当加强环保观念,爱护我们的地球,因为地球只有一个!

监狱奇闻

昔日监视犯人的圆形碉堡

那天晚上小王在驾车陪我夜游悉尼，当我问起悉尼的治安情况的时候，他跟我说，悉尼应当说是很安全的城市，即使偶而发生抢劫，也是“谋财不害命”。

我问，悉尼的抢劫犯为什么“谋财不害命”？

他说，“谋财”，大不了进监狱罢了，悉尼的监狱很“舒服”，所以抢劫犯大可不必伤害别人的性命。

我感到奇怪，悉尼的监狱怎么会很“舒服”的呢？

小王做了导游多年，到底见多识广。他告诉我，犯人进悉尼监狱的第一件事，就是称体重。刑满后，出狱时也要称一下体重。如果在狱期间，体重减轻十公斤以上，犯人就可以告狱方“虐待罪”！

小王说，这里充分尊重人权。狱方认为，犯人入狱，失去了自由，这就是对犯人最大的惩罚，而犯人是人，在监狱里，不能在生活上亏待他们，必须尊重犯人的人权。正因为这样，犯人在狱中的生活相当“舒服”。

我问，犯人在狱中的生活，又是怎么“舒服”呢？

小王说，他们在狱中两人住一间房子，那房子里有电视机，有卫生间，条件相当好。他们的伙食也不错，每天的菜谱都不一样。另外，在狱中，他们可以享受医疗保险，所以有的犯人的病，倒是因为入狱而治好了！在狱中，犯人可以进行体育锻炼。既然监狱的生活条件不错，罪犯并不对监狱存在畏惧感，也就“谋财不害命”了。

小王所说的悉尼监狱的情况，乍一听，仿佛是奇闻，细细一想，其实也很有道理。

对于人来说,自由最重要。入狱,就是剥夺犯人的自由权。至于在生活上,在澳大利亚这样富裕的国家,确实大可不必虐待他们。澳大利亚人少而资源丰富。据联合国估计,即使全体澳大利亚人都不工作,澳大利亚那丰富的资源也够他们生活600年。

小王的谈话,使我开始关注悉尼的监狱。

我从悉尼歌剧院那里乘船横渡杰克逊海湾的时候,经过一个小岛,小岛的一端矗立着一座古老的碉堡。悉尼的朋友告诉我,那个小岛原本是一座监狱,而那座碉堡便是当年为了监视犯人而建造的。把监狱建在小岛上,为的是防止犯人逃跑。当然,那时候的犯人生活就没有现在那么"舒服"了。

如今,这小岛不再是监狱,由于处于悉尼歌剧院的对面,反而成了悉尼的一个旅游景点。悉尼的一次大型庆祝活动,还以波光闪闪的这个小岛作为舞台,众多大牌明星云集这里,电视台现场直播,热闹非凡,完全荡涤了监狱的阴影。

其实,今日如此繁华的悉尼,当初也是从监狱发展起来的。在18世纪末,大英帝国各地的监狱人满为患,便把犯人押往海外监狱。1787年,库克船长率领船队登陆悉尼。这里远离英国,而四周又是汪洋大海,于是,悉尼成了大英帝国眼中"最佳"的海外监狱。悉尼开始成为一座城市,是从1788年英国将这里作为流放罪犯的海外监狱开始。在此后的60年,英国把大批定罪的犯人用海船运到悉尼。至今,在悉尼仍保留着当年的监狱,供游人参观。那时候的监狱,确实是人间地狱,犯人们在狱中从事艰苦的惩罚性的体力劳动。悉尼许多典雅堂皇的建筑,就是在犯人的汗水中诞生的。

然而,今日的澳大利亚监狱,大约太强调尊重犯人的人权,放松对犯人的监管,屡遭媒体的曝光。

据澳大利亚《悉尼先驱报》在2006年2月13日报道,澳大利亚巴克斯顿地区一名杀人犯竟然被允许出狱85次,被准许探望家人、领取驾驶执照,甚至被允许至牙医处拔牙。该杀人犯的"自由权利"引起了当地居民的强烈不满和抗议。

一位记者通过暗访得知,这个未被透露姓名的21岁的青年由于涉嫌与另外一人一起,杀死一名无辜老妇玛丽·格里宁·兹丹而被定罪。令人无法置信的是,该杀人犯竟然被允许出狱探望他的家人;被允许在拘留所内学习驾车,在当地交通部门考完驾照后,独自去交通部门领取初学者执照。他甚至被允许到牙医处,检查和校正牙齿。

当地的"犯罪事件受害者支援协会"主席诺艾尔·麦克纳玛拉对此谴责道:"这种人道服务部门的行为简直令人无法接受,也令人无法容忍。这种对囚犯的宽容态度无疑沉重地打击了受害者的家人。"

厕所里的马桶和针筒盒

厕所里为吸毒者准备的注射针筒

看来，什么事情都应当适度。澳大利亚监狱尊重犯人的人权是值得肯定的，然而放纵犯人则是不可取的。

我的一位朋友还告诉，澳大利亚甚至还允许吸毒。澳大利亚的公共厕所里，居然放置了注射毒品的针筒，一旦吸毒者犯了毒瘾，可以到公共厕所里注射毒品。起初，我有点不相信。后来，我在一个公共厕所里，果真见到墙上有放置针筒的铁盒子，便取出照相机拍摄下来。

“再见！澳大利亚。”作者夫妇离开澳大利亚时，朋友们到机场送行

图书在版编目(CIP)数据

澳大利亚自由行/叶永烈著. —上海:东方出版中心,2008.3

(叶永烈看世界)

ISBN 978-7-80186-780-3

Ⅰ. 澳… Ⅱ. 叶… Ⅲ. 游记—作品集—中国—当代 Ⅳ. I267.4

中国版本图书馆CIP数据核字(2007)第202408号

澳大利亚自由行

出版发行:东方出版中心
地　　址:上海市仙霞路345号
电　　话:62417400
邮政编码:200336
经　　销:全国新华书店
印　　刷:上海锦佳装璜印刷发展公司
开　　本:710×1020毫米　1/16
字　　数:216千字
印　　张:12.5
印　　数:0,001—6,500
版　　次:2008年3月第1版第1次印刷
ISBN　978-7-80186-780-3
定　　价:45.00元